리스너

리스너

이승주
소설집

차례

층과 층 사이

공간 공유 강연 시리즈의 첫 번째 강사는 건축가 김지훈이었다. 강의가 시작되기 전 ECC* 건물 안 카페에서 그를 만났다. 유정에겐 피하고 싶은 인터뷰였지만 달리 부탁할 사람이 없었다. 그는 머리칼을 짧게 잘랐고 옷차림에도 신경 쓴 티가 났다. 녹음은 안 했으면 좋겠습니다. 테이블에 올려놓은 녹음기를 보며 그가 말했다. 다소 완강한 어조여서 유정은 유리 벽 너머로 시선을 돌렸다. 대학생으로 보이는 이들과 사진을 찍고 다니는 관광객들이 ECC* 앞을 오가고 있었다.

맞선 본 상대와 인터뷰라니. 엄마는 김지훈이 마음에 든다며 맞선 후에도 유정을 귀찮게 했다. 너를 좋아하는 눈치야. 한 번

---

* 이화여자대학교 캠퍼스 복합단지 Ewha Campus Complex

보고 사람을 어떻게 알아. 세 번은 만나봐야지. 유정은 녹음기를 한 손에 쥐고, 다른 한 손으로 휴대폰을 만지작거렸다. 주희가 언제쯤 올 수 있는지 도착 시간을 묻는 문자메시지를 보내왔다.

유정은 김지훈을 건너다보며 속으로 중얼거렸다. 녹음을 안 하면 나더러 기사를 어떻게 쓰라고, 일정이 겹쳐서 노트북도 안 가져왔는데. 김지훈의 얼굴은 어색함을 숨기기 위해 지나치다 싶을 만큼 경직돼 있었다. 할 수 없었다. 유정은 그를 설득하기 위해 무슨 말이든 꺼내야 했지만 그대로 녹음기를 가방에 집어넣었다.

"작년에 '동네도서관'으로 〈한국신인건축가상〉을 받으셨죠. 지금은 어떤 작업을 하고 있나요?"

"셰어하우스와 공공 원룸을 짓고 있어요."

"둘 다 주택이네요."

"네, 민간과 공공이 발주한 소형 주택이에요."

유정은 설계할 때 가장 중요하게 고려한 점이 무엇이었는지 물었다.

"강연에서도 얘기가 나오겠지만, 주거 공간의 공유에 대해 고민이 많았어요. 여럿이 함께 사는 주택에서 사적 공간과 공적 공간은 구분이 명확하지 않거든요."

인터뷰는 유정이 준비해 간 질문에 김지훈이 간략하게 대답하는 식으로 진행됐다. 별수 없이 그의 말을 최대한 빨리 받아

적어야 했는데, 그는 유정이 받아 적는 동안 대답을 수정하기도 했다. 불쑥 올라오는 짜증을 억누르며 유정은 ECC를 어떻게 생각하느냐고 물었다. 준비하지 않은, 말하자면 필기하지 않아도 되는 질문이었다.

"잘 지었죠, 강렬하고. 그런데 저는 ECC보다 이화여대 안에 있는 근대 건축물을 훨씬 좋아해요. 아시겠지만 역사성이 있는 캠퍼스잖아요."

그는 대답하면서 검은색 셔츠의 소매 끝자락을 한쪽은 접어 올리고 다른 한쪽은 밀어 올렸다. 두 팔에 동물이 할퀸 것 같은 상처가 드러났다. 엄마의 손등에 있던 상처와 비슷했다. 엄마는 공무원인 아빠를 따라 세종시로 내려가기 전까지 동네 길고양이들에게 사료를 주곤 했다. 최근엔 엄마 대신 유정이 고양이의 사료를 챙겼다.

"고양이 키우시나봐요."

유정이 김지훈의 팔에 난 상처를 가리켰다.

"아, 이거요……. 고양이 키우세요?"

유정은 키우는 건 아니고 마당에 길고양이가 들어온다고 말했다.

"마당 있는 집에 사시는군요. 우리 점프도 마당 있으면 좋아할 텐데, 부럽네요."

조금 전까지 굳어 있던 김지훈의 얼굴이 부드럽게 풀어졌다.

스스럼없이 유정에게 두 팔을 내밀기도 했다.

"이렇게 손장난 치는 걸 좋아한다니까요. 조그만 게 어찌나 잘 뛰는지. 오죽하면 이름이 점프겠어요."

말끝에 다정한 미소가 따라왔다. 얼핏 보조개를 본 것 같기도 했다. 유정은 질문지로 눈길을 돌리다가 재킷 주머니에 손을 집어넣었다. 휴대폰의 진동이 느껴졌다. 몇 개의 질문을 건너뛰고 유정은 서둘러 인터뷰를 마쳤다.

ECC는 내부의 길을 통해 강의실을 찾아가기엔 복잡한 구조였다. 긴 복도로 이어진 공간은 계단과 기둥이 많았고, 지상임에도 지하로 표기한 층수는 구분이 쉽지 않았다. 유정은 외부의 계단을 이용하기로 했다. 유리문을 밀고 나갈 때 유리에 비친 김지훈을 보았다. 그의 눈은 유정의 뒷모습을 좇고 있었다.

ECC의 외부는 대형 유리로 된 커튼월이었다. 건물 사이에 두 건물을 오갈 수 있는 계단과 출입문이 보였다. 외관은 각각 독립된 건물로 보이지만 계단 안쪽의 내부 공간은 하나로 연결돼 있었다. 계단을 올라가기 전, 앞서 걷던 사람이 멈칫하더니 옆으로 발을 옮겼다. 바닥에 새 한 마리가 떨어져 있었다. 카메라를 들이대는 유정에게 뒤따라온 김지훈이 물었다.

"찍으려고요?"

다급하게 올라간 목소리였다. 말투에 사진을 찍지 말라는 바람이 묻어 있었지만, 유정은 렌즈에서 눈을 뗄 수 없었다. 언젠가 자신이 꾹꾹 눌러 삼켰던 말이 떠올랐기 때문에. 프레임 안에 날개가 꺾이고 머리가 으깨진 새가 갇혔다. 이를 악물고 셔터를 누르자 새는 피사체가 되었다. 피사체에 머문 죽음. 깨진 유리는 보이지 않았다.

유정은 강의실로 바로 가지 않고 계단 끝까지 올라갔다. ECC의 지붕은 옥상정원으로 조성되었고, 그 아래 두 개의 건물이 계곡처럼 숨어 있었다. ECC에서 이어지는 길은 정문을 지나 이대역까지 곧게 뻗어 나갔다. 꽤 많은 사람이 올라와 아래를 내려다보며 사진을 찍었다. 강의를 들으러 온 건축학과 학생들인지 건물에 대해 평을 나누는 소리가 들렸다. 건물이 완공된 후 처음 이곳에 방문했을 때 입구에서 차량을 통제하는 경비원에게 위치를 물어본 적 있다. 분명 정문 근처라고 알고 왔는데 건물이 보이지 않아서였다. 저깁니다. 경비원의 손가락이 가리키는 곳을 바라보았지만 건물은 여전히 보이지 않았다. 가다 보면 보입니다. 경비원의 말대로 그 방향으로 걸어가다 보니 두 개의 건물이 드러났다. 건물은 위로 솟아오르지 않고 아래로 내려간 것처럼 보였다. 대칭으로 마주 선 건물은 마치 갈라진 바닷물 같았다. 설계 개념을 찾아보지 않아도 모세의 기적에서 아이디어를 얻었다는 걸 대번에 알 수 있는 형상이었다. 하지만 유정에게는 건물이 땅을 갈라놓은 것처럼 느껴졌다. 캠퍼스의 질서를 깨는 거대한 건물.

행사를 주관한 건축협회의 간사는 9번 표지판이 붙은 문을 찾아 들어오라고 일러주었다. 9번 표지판은 유리문 위에 뿔이 돋은 것처럼 붙어 있었다. 강의실은 금방 찾았다. 남학생들이 모여 있는 곳에 '5 by 100, 5명의 젊은 건축가와 100명의 학생이 함께 하는 공유 프로젝트'라고 인쇄된 홍보용 배너가 보였다. 건축학과 학생들이 참여하는 대학 간 연합 강의여서 강의실에는 학교별로 좌석이 정해져 있었다. 맨 앞줄은 비워놓았는데 교수들과 패널들의 자리였다. 유정은 출입문 근처에 자리를 잡았다. 안면이 있는 사람들과 인사를 나눴고 처음 만난 사람들과는 명함을 교환했다.

김지훈이 강단에 서서 자기소개를 시작했다. 유정은 사진을 몇 장 찍은 뒤 본격적으로 강의가 시작되자 강의실을 빠져나왔다. 강의 중 사진은 건축협회의 간사가 따로 찍을 것이고 녹음은 ECC 측에서 해줄 것이다.

문자메시지의 알림음이 울렸다. 주희가 집의 위치를 설명하는 메시지를 한 번 더 보내왔다. 연희동 주희의 집에서 저녁을 먹고 강의가 끝날 즈음 돌아오면 뒤풀이엔 참석할 수 있다. 그 자리에서 행사 관계자들과 이야기를 나누면 기사를 쓰는 데에 무리가 없을 것이다. 건축잡지 기자생활 7년이면 행사장에 가지 않고도 기사를 쓸 수 있는 요령이 생긴다. 지난 7년 동안 유정이 다니는 '건축문화공감'은 열 명이었던 직원이 여덟 명으로, 그다음은 다섯 명으로, 지금은 세 명으로 줄었다. 월간지였던 『건축

문화공감』은 격월간으로, 격월간에서 계간지로 바뀌었다. 회사는 잡지의 광고 수입이 줄어들자 건축 행사 대행과 전시에까지 사업 영역을 넓혔다. 세 명의 직원이 열 명이 하는 일을 감당하다 보니 유정은 기획, 취재, 원고 작성, 사진 촬영, 홍보까지 모두 혼자 처리해야 했다. 덕분에 번번이 살아남았다.

화장실에서 화장을 고치고, 문구점에서 포스트잇을 샀다. 서점에서 신간을 둘러본 후 푸드 코트에서 김지훈과의 인터뷰를 정리했다. 어려운 숙제를 풀 듯 이제 어디로 가야 할 것인지 골몰했다. 일곱 시 반이 넘었다. 주희는 일곱 시까지 집으로 와달라고 했지만, 문제는 시간이 아니었다.

"주희 그 애는 어떻게 지내니?"

50번의 선을 보고 51번째 퇴짜를 놓기 위해 맞선 장소로 나가는 길이었다. 엄마가 주희의 이름을 입에 올렸다.

"유정, 넌 엄마 못 이겨. 애쓰지 마."

엄마와 싸우지 않기 위해, 엄마가 지치길 기다리면서 맞선을 봤다.

"엄마는 포기 안 해. 네가 나이 먹을수록 점점 덜떨어진 남자들이 맞선 상대로 나오고 있어. 이러다가 내가 자존심 접고 포기할 줄 알지?"

엄마는 귀 뒤로 머리칼을 넘기며 빙긋이 웃었다.

"무슨 자존심?"

유정은 아차 싶었다. 하필이면 주희 이름 꺼내지 마, 라는 말 대신 엄마가 좋아할 만한 질문을 던졌다.

"나도 다른 엄마들처럼 사윗감에 대한 로망이 있단다."

엄마는 얼굴 가득 미소를 띠었다. 대답할 기회를 줘서 고맙다는 듯.

유정과 주희는 고등학교 졸업을 앞두고 약속이나 한 듯 유정의 2층 방에서, 마당의 오래된 감나무가 내다보이는 창가에서 담배를 피웠다. 아빠는 늘 바빴고 엄마는 2층까지 올라오지 않았다. 언제나 1층에서 유정을 불렀는데 그날은 엄마가 2층까지 올라와 문을 두드렸다. 들어오진 않고 문 밖에서 건넨 빨간 양초.

"이거 켜놓고 피워. 밖에까지 냄새가 새어 나온다."

유정은 괜찮다며 문을 닫았다. 엄마가 두어 번 더 문을 두드렸지만 한사코 양초를 받지 않았다. 주희는 그런 상황이 우스운지 담배를 피우며 엷은 미소를 지었다.

"우리 엄마 웃기지 않니? 촛불 켜두면 담배 냄새 사라진다는 건 또 어떻게 알고."

"유정이 널 이해하려고 노력 중인가봐. 넌 사랑받고 있어."

"그래도 엄마는 나보다 아빠를 더 사랑해. 결정적일 땐 언제나 아빠 편이야."

"서운해?"

"......."

"내가 있잖아."

주희의 손이 유정의 뺨에 닿았다. 한 손에 담배를 든 채 둘은 그날 처음 입을 맞추었다. 서로의 입안에 밴 담배 냄새가 타액 속에 따듯하게 녹아 있었다. 입맞춤이 끝난 후 주희는 유정의 얼굴에 뺨을 갖다 대었다.

"아까 그 빨간 양초, 받을 걸 그랬다. 그럼 더 근사했을 텐데."

유정과 주희는 2층에서 방문을 걸어 잠그는 날이 많아졌다. 주희가 돌아가면 유정은 아직도 남아 있는 주희의 감촉 때문에 손가락이 파르르 떨렸다. 가만히 들여다보면 주희의 냄새와 숨결이 마디마디 배어 있었다. 유정은 손바닥을 마주 대고 열 손가락을 밀착시켰다. 떨림은 잦아들었고 몸은 더 부드러워졌다.

그로부터 10년 후, 주희는 한 남성 옆에 웨딩드레스를 입고 서 있었다. 유정은 구슬 달린 흰색 핸드백을 들고 결혼식 내내 주희의 뒤를 쫓아다녔다. 시댁 식구들만 들어갈 수 있는 폐백실에 신부와 함께 들어간 사람도 유정이었다. 주희가 시댁 어른들께 절하는 동안 유정은 병풍 뒤에 숨어 있었다. 아들딸 많이 낳아라. 유정은 잠시, 주희의 결혼이 자고 일어나면 사라질 하룻밤 꿈이 아닌가, 아닌가, 하고 양손으로 얼굴을 감쌌다.

"하나는 외로우니까 둘이었으면 좋겠어."

모래사장에 앉아 유정이 말했다. 주희와 부산으로 여행을 갔을 때였다.

"아들은 로리, 딸은 로라. 어때?"

주희는 로리, 로라를 반복하더니 고개를 끄덕였다.

"모래성을 쌓을 때 제일 중요한 게 뭔지 알아?"

주희가 물었다. 유정은 모래 속에 손을 넣고 모래성을 쌓는 중이었다.

"뭔데?"

"모래가 축축해야 해."

모래는 바짝 말라 있었다. 모래 안쪽으로 깊숙이 손을 넣어보았지만 두 사람이 앉은 자리엔 축축한 모래가 없었다. 주희가 가방에서 비닐로 된 파우치를 꺼냈다. 파우치 지퍼를 열어 거꾸로 들고 화장품을 쏟아냈다. 빈 파우치를 들고 주희가 바다 쪽으로 걸어갔다. 유정은 모래사장에 앉아 주희의 뒷모습을 바라보았다. 바닷가를 산책하는 사람들과 모래 위에 네트를 세워놓고 비치발리볼을 하는 사람들이 보였다. 주희는 그들을 지나쳐 바다를 향해 걸어가고 있었다. 파도 소리와 공이 튕기는 소리, 사람들의 탄성이 들려왔다. 유정은 주희가 파우치에 무엇을 넣어 올지 알 수 없었다. 바닷물을 퍼 올지, 축축한 모래를 담아 올지. 주희가 계속 걸어서 바다로 들어간다면 유정은 주희를 잡을 것인지, 이대로 머무를 것인지 그 또한 알지 못했다. 자잘한 빛들이 모래 위에서 반짝거리다가 흩어졌다. 로리, 로라, 로리와 로라,

로리와 로리, 로라와 로라……. 유정과 주희가 지은 이름이 거기에 있었다.

*

주희는 대문 앞에 세워둔 흰색 소나타를 보고 찾아오라고 했다. 다 왔다고 생각한 순간 주차해 있던 소나타에서 주희의 남편이 차 문을 열고 나왔다. 유정을 맞기 위해서가 아니라 대문 앞에 서 있는 아주머니들이 불러서였다. 주희의 남편은 유정에게 눈인사를 건넨 뒤 대문 옆에 달린 초인종을 눌러주었다.

"유정이니? 인터폰이 고장 났어. 잠깐만 기다려."

주희를 기다리는 동안 유정은 주희의 남편과 아주머니들이 하는 얘기를 들었다. 아주머니들은 화요일, 목요일, 일요일에만 쓰레기를 대문 밖에 내놓으라고 했다. 그 외의 날에는 대문 안쪽에 놓아두라고. 그러지 않으면 골목이 지저분해진단다. 주희의 남편은 아주머니들의 말에 퉁명스럽게 그저 알았다고, 알았으니 그만 가보시라고 대꾸했다. 하지만 말로만 알았다고 할 뿐 쓰레기를 대문 안으로 옮기진 않았다. 주희가 나오자 아주머니들은 더 큰 목소리로 쓰레기에 관해 말하기 시작했다. 주희와 유정은 인사도 제대로 나누지 못한 채 쓰레기 문제를 먼저 처리해야 했다.

"알았는데요, 지금은 집에 손님이 와서 못 하고요. 손님 가고 나면 치울게요."

말투는 상냥했지만 주희는 쓰레기를 치우고 싶지 않은 낯빛을 그대로 드러냈다. 손님 운운한 것은 구실에 불과했다. 주희는 딴사람 때문에 하고자 하는 걸 미루는 성격이 아니었다. 주희는 유정에게 먼저 들어가 있으라고 손짓했다. 유정은 대문을 열고 안을 살폈다. 연희동에 아직도 이런 집이 남아 있다니. 八 자형 경사 지붕과 콘크리트 난간이 있는 발코니, 70년대에 유행하던 불란서식 주택이었다. 조금 뒤 혼자 들어온 주희가 유정의 팔을 살짝 잡았다 놓았다.

"우리 오랜만이지."

주희는 결혼 후 남편 회사의 발령지를 따라 대구로 내려갔다가 작년에 다시 서울로 올라왔다. 주희가 유정을 집 안으로 안내하며 현관문의 손잡이를 잡아당겼다.

"……오랜만이야."

유정의 대답은 이음새가 틀어진 낡은 현관문이 덜컹거리며 열리는 바람에 허공으로 흩어졌다. 안으로 들어가자 고소한 기름 냄새와 달콤한 과일 향이 뒤섞여 풍겼다. 거실로 이어지는 통로에 모네의 그림이, 장식장 위에는 아이의 독사진과 가족사진이, 구석에는 두 대의 접이식 자전거가 놓여 있었다. 한 아이가 주희를 보고 달려 나왔다. 아영아, 이모야. 인사해야지. 아이는 주희의 다리를 붙들고 유정을 올려다보았다. 낯을 가리는 눈빛이었다. 안녕, 엄마 친구야. 몇 살? 유정은 몸을 숙여 아이와 눈높이를 맞추었다. 다섯 살이에요. 주희가 대신 답했다. 유정은 다섯 살 아이를 처음 보듯 신기하게 바라보았다. 다정하게 안아주고 싶었지만 머뭇머뭇 망설이다 아이의 머리만 쓰다듬었다.

"유정 씨는 결혼 안 하세요?"

뒤이어 들어온 주희의 남편이 아이를 번쩍 들어 안았다.

"뭘 그런 걸 물어봐."

주희가 남편에게 눈을 흘기며 유정의 대답을 막았다. 유정은 그게 왜 궁금하냐고, 정말로 알고 싶은 게 그거냐고 반문할 기회를 눈앞에서 놓쳤다.

대학을 졸업한 후 유정은 주희를 자주 볼 수 없었다. 주희는 취직했고 유정은 그러지 못했다. 바빠, 피곤해, 하면서 만남이 뜸해졌다. 그러던 어느 날 주희가 말했다. 한 남성에 관해서. 같은 건물에 있는 다른 회사 직원인데 자꾸 엘리베이터에서 만나게 돼. 그리고 그다음에 만났을 때 주희는 또 말했다. 그 사람이 회사를 옮겼어. 퇴사하는 날 그가 그랬어. 지금 내려가는 엘리베이터 안에서 날 만나면 운명이라 생각했다고. 그런데 정말로 나를 만났대. 유정은 말하지 않았다. 그건 그 사람이 널 만날 때까지 계속 엘리베이터를 탔기 때문이야. 네 동선을 확보하고 네가 탈 때까지 줄기차게 기다린 거야. 운명이라고? 운명은, 유리 벽에 머리가 깨질 줄 알면서도 부딪칠 수밖에 없는 것, 그게 운명이야. 유정은 뱉지 못한 말에 사레들린 듯 기침을 쏟아냈다. 눈꼬리에 비어져 나온 물기를 닦고 있을 때 주희가 물었다. 괜찮아? 그날 이후 유정은 주희와 거리를 두었다. 유정은 알고 있었다. 조심하지 않으면 주희를 영영 잃게 될지도 몰랐다. 그렇게 헤어지고 싶지는 않았다. 조심할수록 자신은 더 너절해진다는 걸 그때는 알지 못했다.

주희가 생일 모임에 초대한 사람은 유정과 현지였다. 현지는 주희와 같은 과 동기여서 대학 시절부터 알고 지냈지만 주희가 없는 자리에선 한 번도 만난 적이 없었다. 주희는 연두색 잎사귀 무늬가 자잘하게 들어간 앞치마를 두르고 주방으로 들어갔다. 현지는 거실에서 와인을 마시고 있었다. 주희한테 전해 들었는지 유정을 보자 ECC 얘기를 꺼냈다.

"그 건물 자리가 원래는 운동장이었잖아. 우리 과 애들이 그 운동장을 좋아했어. 교문 앞에 있어서 등하교 때 층계에 걸터앉아 수다도 떨고, 울적한 얼굴로 지나가는 애들 보면 주저앉혀서 무슨 일 있냐 묻기도 하고."

"맞아. 그러면 애들이 고민거리를 술술 풀어냈지."

주희가 주방에서 맞장구를 쳤다.

"그건 그 운동장이 둥근 광장 같아서 그랬을 거야."

유정은 원형 공간이 주는 안정감과 아늑함이 경계심을 풀어 줬을 거라고 생각했다.

"지금처럼 뻥 뚫린 곳이었으면 내밀한 얘기는 못 나눴을까?"

현지가 물었다. 유정은 아마도, 라고 대답했다.

"주희야, 거기 운동장 파내고 공사할 때 길에다 요처럼 부직포 깔아뒀잖아. 생각나? 애들이 비 오면 그 길을 '즙길'이라고 했어. 밟으면 물이 즙처럼 나온다고."

현지가 주희를 보며 깔깔거렸다. 주희는 공사 중에 불편한 기억이 남아서 그런지, 완공을 못 보고 졸업해서 그런지 ECC에 정이 안 간다고 했다. 유정은 ECC 옥상정원에서 흘려들은 누군가의 한마디가 퍼뜩 떠올랐다. 나이스하네.

주희의 남편이 아껴둔 거라며 새 와인을 꺼내 왔다. 주희는 오븐에서 닭과 새우를 꺼내 거실에 차린 상 위에 올렸다.

"와, 베프 맞네. 나는 풀만 먹이더니 유정이 오니까 메인이 나오는구나."

현지가 장난스럽게 주희를 흘겨봤다. 주희의 남편이 유정에게 와인을 따라주었다. 익숙한 것처럼 와인 병을 돌렸지만 와인 방울이 상 위에 떨어졌다. 떨어진 와인을 냅킨으로 닦는 주희의 손은 유정이 알던 손보다 메마르고 마디가 굵어 보였다. 붉게 물든 냅킨이 유정의 앞에서 주희 쪽으로, 상의 가장자리로 옮겨졌다. 떨어지지 않을까, 하며 유정은 젓가락 끝으로 톡, 냅킨을 상

밖으로 밀어냈다. 곁눈으로 지켜보던 주희의 남편이 순간 유정을 빤히 쳐다보았다. 그 눈길이 제법 날카로워 유정은 그와 와인 잔을 부딪쳤다.

"저는 이만 빠져드릴 테니 편하게들 노세요."

주희의 남편이 방으로 들어가자 주희가 바짝 다가앉았다.

"아까 그렇게 말하면 안 되는 건데."

주희는 대문 앞에서 아주머니들에게 했던 말을 끄집어냈다.

"집 때문에 짜증이 났어."

주희는 이사할 집을 구하고 있다고 했다. 오래 살 줄 알고 도배까지 하고 들어왔는데 쫓겨나게 생겼다며 불평을 늘어놓았다.

"단독주택치곤 전세가 이상하게 싸다 싶었어. 그때 더 알아봤어야 했는데. 이 집 헐고 건물 올린대. 계약 기간 남았으니까 버티면 되는데 그래 봤자 채 1년도 안 남았어."

현지는 주희에게 자기네 동네로 이사 오라며 어린이집은 알아봤느냐고 물었다. 주희는 대기자가 많아서 언제 자리가 날지 모르겠다고, 정 안되면 사립 유치원에라도 보내겠다고 말했다. 남편과 함께 국어 논술 학원을 시작한 현지가 전부터 주희에게 시간제 강사를 제안한 것 같았다. 그 좋은 실력을 왜 썩혀, 하며 하루라도 빨리 자기를 도와달라고 했고, 주희는 아영이를 어린이집에 보내면 아르바이트로 해보겠다고 했다. 유정은 집과 아이 문제로 고심하는 주희의 모습이 낯설었다. 어쩐지 자신이 알던 그 주희가 아닌 것만 같았다.

유정은 아영에게 시선을 돌렸다. 아영은 주희가 발라놓은 새우를 손으로 집어 먹고 있었다. 어른들의 관심이 멀어지면 엄마를 귀찮게 하거나 어수선하게 돌아다니는 아이도 많은데 아영은 얌전한 편이었다. 유정은 아영의 얼굴을 찬찬히 뜯어보았다. 주희를 닮은 구석이 없었다. 주희는 쌍꺼풀이 없는 눈에 코가 오뚝하고 입술이 얇고 목선이 길었다. 얼굴은 모딜리아니가 그린 잔느처럼 갸름했고 볼에 살이 없어서 광대뼈가 돌출된 것처럼 보이지만 웃을 땐 왼쪽 볼에 보조개가 들어갔다. 말과 행동은 늘 유정보다 어른스러웠다.

현지가 선물로 사 온 생일 케이크를 상 위에 올렸다. 주희의 남편이 방에서 나와 케이크에 초를 꽂고 불을 붙였다. 현지가 거실 등을 끄려다가 전등 스위치를 잘못 누르는 바람에 갑자기 어둠이 실내를 메웠다. 당황스러운 웃음 뒤에 스위치 소리가 들리고 다시 불이 들어온 찰나, 유정은 주희와 눈이 마주쳤다.

유정은 같은 재단에서 설립한 사립 중고등학교에 다녔다. 중학교와 고등학교가 한 운동장을 사이에 두고 마주 보고 있었다. 별 탈 없이 잘 다니던 학교였는데 고등학교에 들어가자 학교 가기가 싫어졌다. 사춘기도 지났고 낯선 학교에 입학한 것도 아닌데 아침마다 엄마와 자퇴 문제로 실랑이를 벌였다. 수업이 끝나고 아이들이 집으로 돌아갈 때도 유정은 책상 앞에 우두커니 앉아 있었다. 자퇴서를 들고 담임선생님께 찾아가 무슨 말을 어떻게 꺼내야 할지 고민 중이었다. 그때 한 아이가 창가에 서서 운동장을 바라보고 있었다. 그 아이는 유정과 같은 중학교를 졸업한 학생이 아니었다. 처음 보는 얼굴이었다. 유정은 그 아이가 보고 있는 쪽으로 눈길을 돌렸다. 노을이 지고 있었다. 홀린 듯 그 아이 옆으로 다가갔다. 유정은 노을빛이 어른거리는 그 아이의 옆모습을 숨죽이며 바라보았다. 어느새 교실엔 그 아이와 유정뿐이었다. 그 아이가 고개를 돌려 유정을 바라보았다. 둘은 말없이 서로를 응시했다. 유정은 그 아이의 가슴에 달린 이름표를 눈으로 읽었다. 한주희.

생일 축하 노래가 끝나고 주희와 아영이 함께 촛불을 껐다. 주희는 아영을 보며 활짝 웃었다. 3년 전 아영의 돌잔치 이후 주희와의 첫 만남이었다. 그날 주희가 화장실에 간 사이, 주희의 남편이 아영을 안고 유정에게 바짝 다가왔다. 유정 씨, 잠깐, 아영이 좀. 한꺼번에 몰려온 손님들과 인사를 나누기 위해서였다. 하지만 유정은 주저했다. 이제 갓 돌이 된 주희의 아이를 받아 안을 수가 없었다. 떨어뜨릴까봐 못 안겠어요. 순간 주희의 남편은 얼굴을 찌푸렸고 등을 돌려 다른 이에게 아영을 맡겼다.

아홉 시가 지났다. 더 늦기 전에 ECC로 돌아가야 했다. 유정은 가기 전에 주희를 찾았다. 주희는 화장실에서 아영을 씻기고 있었다.

"가려고?"

주희가 유정을 돌아보았다. 유정은 화장실 안으로 들어갔다. 주희가 세수를 끝내고 아이의 얼굴을 수건으로 닦아주었다.

"아영아, 아빠한테 잠옷 입혀달라고 해. 어서."

아이가 나가자마자 유정은 화장실 문을 잠갔다. 주희가 놀란 눈으로 유정을 바라보았다. 유정이 가까이 다가가자 주희는 한 발짝 뒤로 물러섰다. 유정은 그만큼 더 다가갔다.

"한 번만."

유정이 던진 말은 과거 둘 사이에 나누던 농담, 헤어지기 전 마지막으로 건네던 인사였다. 하지만 주희는 그 농담을 기억하지 못했다. 웃음을 터뜨릴 줄 알았는데 난감한 표정을 지었다. 우리 이러지 않기로 했잖아, 그때⋯⋯. 뒤늦게 유정의 표정을 읽은 주희가 유정의 뺨을 어루만졌다. 미안해. 유정은 심장이, 터질 듯 부풀어 오르던 심장이 조용히 제자리로 돌아가는 걸 느꼈다. 친구로만 지내자고 먼저 선을 그은 건 유정이었다. 더는 숨길 수 없는 질투 때문에. 둘은 다툼 끝에 헤어졌고 몇 년간 만나지 못하다가 주희의 결혼식 전에 화해했다. 유정은 주희의 입술이 아닌 이마에 지그시 입을 맞추었다. 그리고 포옹했다. 주희의 심장 소리는 들리지 않았다. 확인했고 확연해졌다. 두 사람은 이제 가슴을 맞대도 심장의 두근거림이 전해지지 않았다.

엄마, 엄마. 밖에서 아영이가 문을 두드리며 주희를 불렀다. 유정은 세면대에 물을 받아 비누 거품을 낸 후 천천히 손을 씻었다. 엄마, 엄마⋯⋯. 아영의 목소리가 커질수록 거울에 비친 주희의 얼굴은 작아졌다. 손가락 끝에서 물방울이 떨어졌다. 유정이 문을 열지 않는 한 주희는 제가 먼저 문을 열지 못할 것이다. 적어도 둘 사이에 그 정도의 흔들림은 남아 있다고 유정은 믿었다.

"유정아⋯⋯."

주희의 입술과 혀로 발음되는 정확하고 분명한 호명 뒤에 검붉은 눈동자가 유정의 눈을 찔렀다. 유정의 젖은 손이 문고리를 돌렸다. 주희보다 먼저 밖으로 나왔다. 주머니에 넣어둔 휴대폰이 부르르 떨렸다.

*

학생들의 질문이 많아서 아홉 시 반이 지나서야 강의가 끝났다는 연락을 받았다. 유정은 ECC로 향했다. 옥상정원에 올라가면 밖으로 나가는 길이 보일 거예요. 큰길 건너편 맥줏집이니까 근처 오셔서 전화주세요. 건축협회의 간사는 그렇게 말했다.

다시 ECC 계곡의 시작점에 섰다. 건물 사이로 곧게 뻗은 길을 걸었다. 유리 벽 너머로 내부에 있는 사람들의 모습이 보였다.

여학생들이 열람실 책상 앞에 앉아 있었다. 여섯 개의 의자와 한 개의 책상, 그리고 두 개의 스탠드. 책상 수는 헤아리기 힘들 만큼 많았고 스탠드 불빛은 그보다 더 많았다. 열람실 안의 조도를 최대한 낮추고 학생들은 스탠드 불빛 아래 책을 읽고 있었다. 유정은 걸음을 멈추고 카메라 셔터를 눌렀다. 유리 벽을 뚫고 호박색 불빛이 새어 나왔다. ECC를 설계한 도미니크 페로는 '유리 벽은 빛의 폭포'라고 했다. 낮에는 그 말을 실감할 수 없었다. 밤이 되자 설계자의 의도대로 유리 벽은 빛의 폭포가 되었다. 빛은 시간에 따라 사물의 색과 형태, 공간을 다르게 만든다. 아침이 되면 또 다르게 보일 것이다.

계단 끝에 올라가 아래를 내려다보았다. 주희가 대학에 다닐 때 이곳은 금남의 캠퍼스였다. 교문 앞에서 기다리는 남학생들을 뒤로하고 교문 안으로 들어갈 때면 유정은 묘한 쾌감과 통증을 느꼈다. 쾌감은 근원이 있었지만 통증은 이유를 알 수 없었다. 안으로 들어갈 수 있어 좋았지만 밖에서 기다리고 싶은, 갈피를 잡을 수 없는 아쉬움이 유정의 발목을 붙잡았다. 교문 밖에 서 있고 싶은 마음을 억누르고 통증을 따라 걷다 보면 주희가 있는 건물은 점점 더 뒤로 물러나고, 유정이 멈추면 물러나던 건물이 제자리를 지키곤 했다. 지금 이곳의 정문은 문이 없는 문이다. 데이트족과 시민들, 외국인 관광객들까지 드나들고 있다. 그때는 운동장과 광장이던 곳이 지금은 복합단지가 되었다.

학교 밖으로 나와 횡단보도 쪽으로 걸어갔다. 녹색등이 깜박거렸다. 주희는 이럴 때 뛰어가는 쪽을 택했고 유정은 더 천천히 걷곤 했다. 그때마다 유정을 잡아끌던 손. 새벽에 만취 상태로 주희네 집을 찾아갔던 날, 이른 아침 출근하는 주희를 따라 전철역으로 걸어갈 때도 주희는 건널목에서 힘껏 뛰었다. 덩달아 같이 뛰던 유정은 주희에게 소리쳤다. 뭐야, 난 아직 술도 안 깼어. 주희가 뛰어가다 말고 유정의 손을 잡아끌었다. 그 출근길에서 둘은 공사 중인 건물을 지나쳤고 1층 전면 유리창에 '유리'라고 크게 흘려 쓴 글씨를 보았다. 2층에 아직 유리를 끼우지 않은 텅 빈 창을 보았다. 유정은 그날 주희에게 꼭 하고 싶은 말이 있었다. 내내 망설이다 차마 하지 못한 말. 다행이라고 생각했다. 전철역 플랫폼에서 둘은 커피 한 잔을 나눠 마셨다. 뜨겁고 씁쓸했지만 헤실헤실 웃을 수 있었다. 멀어진 후에야 알게 되는 것들. 함께 보낸 마지막 아침이었다.

횡단보도 건너편 맥줏집 앞에서 통화하는 김지훈을 보았다. 간사에게 전화 걸 필요도 없이 유정은 그쪽으로 걸어갔다. 그가 전화를 끊고 눈인사를 건넸다.

"강의가 늦게 끝났네요."

유정이 말했다.

"네, 학생들 질문이 날카롭더라고요. 현실적이고."

"지금 학생들이 좀 그렇죠. 먼저 들어갈게요."

"잠깐만요."

김지훈이 머뭇거렸다.

"어머님, 별말 없으세요?"

유정은 뒤풀이 장소에 들어가지 않았다. 좀 걷고 싶었다.

*

휑한 거실에서 가부좌를 틀고 앉았다. 동향집이어서 이른 아침부터 햇살이 들어왔다. 52번째 맞선을 보는 날이었다. 김지훈은 상대가 유정이라는 걸 알고 지인에게 그 사실을 알렸지만 엄마가 약속을 취소하지 않았다고 했다. 엄마는 기다렸다는 듯 전화를 받았다.

"알아, 그래도 나가. 매달 한 명씩 토 달지 않고 만나기로 했잖아. 한 번 본 사람 두 번은 왜 못 봐. 인연일 수도 있다고 생각해. 김지훈은 네가 좋다잖아. 너인 줄 알면서도 나온다잖아."

"일로 얽힌 사람이야. 불편해지기 싫어."

"안 불편하게 만들면 되잖아."

"다른 맞선 백 번이라도 나갈게."

"나가기만 하면 뭐 해. 맨날 퇴짜만 놓잖아! 내가 널 몰라?"

혀끝까지 밀려오는 화를 참기 위해 유정은 길게 숨을 내쉬었다. 엄마는 그 자리가 유정에게 얼마나 고역인지 알지 못한다. 모르니까 51명의 남성이 아닌 51명의 주희와 마주 앉아 자신의 비겁함을 들여다봐야 했던 유정의 마음을 헤아릴 수 없다. 유정은 나지막이 중얼거렸다. 엄마는 알고 싶지 않은 거야. 알까봐 두려운 거야.

"주희뿐이잖아. 다른 여자애한테는 안 그러잖아. 그러니까—."

"엄마 나는, 다른 여성한테도 그래. 연애가 짧았을 뿐이야."

엄마는 잠잠했다. 유정은 내친김에 한마디 더 덧붙였다. 엄마도 아빠만 좋아한 거 아니잖아. 소리 없이 전화가 끊겼다. 오래전 그날, 유정이 좀 더 영악하게 굴었더라면 빤히 보이는 거짓이라도 둘러댔더라면 엄마는 달라졌을까. 너희들 연애하는구나. 엄마는 짓궂은 농담처럼 넘겨짚었지만 유정은 반박할 수가 없었다. 그만큼 엄마의 말은 기습적이었고 정확했다. 엄마를 속이는 건 불가능했다. 강마른 찰흙처럼 금이 가던 엄마의 얼굴. 아마도 지금 엄마는 전화기를 쥐고 그날처럼 금이 가고 있을 것이다.

거실 창밖으로 마당을 내다보았다. 감나무의 무성한 잎이 대문을 가렸다. 저 많은 감을 어떻게 해야 하나. 감이 다 떨어지기 전에 집이 팔려야 할 텐데. 엄마가 걱정한 것처럼 오래된 단독주택의 매매는 쉽지 않았다. 집이 팔릴 때까지 유정은 당분간 이 집에 혼자 살게 되었다. 대문을 열고 들어서면 현관으로 올라가는 돌계단과 감나무가 보이고, 안으로 들어가면 1층과 2층 사이 삐걱거리는 나무 계단이 있는 집.

햇빛이 가장 잘 들어오는 거실 바닥에 신문지를 펼쳤다. 손톱깎이로 또각또각, 조심해서 깎았는데도 손톱은 신문지 밖으로 튕겨 나가곤 했다. 생각을 정리할 시간이 필요했다. 유정은 자른 손톱을 한곳에 모았다. 가까이 떨어진 것은 손가락 끝으로 눌러 모으고, 멀리 떨어진 것은 엉덩이를 들고 팔을 길게 뻗어 가져왔다. 손톱 샌딩 파일로 손톱의 잘린 부분을 갈았다. 열 개의 손톱이 하나씩 차근히 마모되었다. 햇빛 속에 손톱 가루가 풀썩거리며 신문지 위에 쌓였다.

엄마와 아빠가 떠난 1층에 주희의 가족이 살고, 2층에 내가 사는 건 어떨까. 집 구하기도 어렵다는데. 주방만 같이 쓰고 침실과 욕실을 따로 쓰면 안 될 것도 없는데⋯⋯. 손톱 정리를 끝내고 발톱을 깎기 시작했다. 시간은 얼마든지 있었다. 햇빛도 충분하고 신문지도 넓었다. 허리를 숙이고 몸을 굽혔다. 몸을 웅크린 채,

우리 집 1층이 비어 있어. 이사 올래? (남편과 상의해볼게. 아영이를 어린이집에 보내야 하는데 어떨지 모르겠어.) 여기도 어린이집은 있어. (괜찮겠어?) 괜찮아, 셋이서 같이 키우면 돼. (셋이서?) 그래, 셋이서.

그렇게 말이라도 건네볼까, 곱씹다가 신문지를 반으로 접었

다. 접은 신문을 또 반으로 접고 다시 반으로, 그리고 또 반으로 접었다. 어쩌면 셋이 아니라 넷이 될 수도 있어. 너에게 소개할 새 애인이 생긴다면.

사료 봉지를 들고 마당으로 나갔다. 빈 그릇에 사료를 채워 넣고 물그릇에 물을 더 부었다. 고양이 한 마리가 지붕 위에서 내려와 담장을 타고 마당 안으로 들어왔다. 노란 줄무늬 고양이가 경계하듯 눈치를 살피며 사료를 먹으러 다가왔다. 유정은 감나무 쪽으로 걸어가 둥치를 흔들었다. 아직은 떨어질 때가 아니었다. 가지 끝에 매달린 잎들만 바람에 흔들거렸다. 고양이가 사료를 먹기 시작했다. 꼬리를 바닥에 내려놓고 아작아작 소리를 냈다. 유정은 입술을 달싹거렸다. 로리, 로라, 로리…… 로라야……. 고양이가 고개를 들었다. 햇빛을 받아 길쭉해진 눈동자가 유정과 눈을 맞추었다.

리스너

"내려야 할 것 같아."

재이의 말에 동우는 커튼을 젖히고 창밖을 내다보았다. 출발한 지 10분쯤 지난 버스는 아직 고속도로를 타기 전이었다. 산부인과에서 받은 약을 먹은 이후 재이는 화장실을 자주 찾곤 했다. 여름 휴가차 가기로 한 프랑스 칸에서 열리는 미뎀 음악 박람회를 취소하고 짧은 국내 여행을 택한 건 그 때문이었다. 기차를 타지 않은 걸 후회하며 동우는 자리에서 일어나 운전석 쪽으로 걸어갔다.

"기사님, 죄송하지만 차 좀 세워주세요. 내려야겠어요."

기사는 허허, 하고는 오른쪽 깜빡이를 켰다. 룸미러로 재이가 앉아 있는 자리를 힐끗 보더니 2차선에서 3차선으로 차선을 바꾸었다. 버스 앞문이 열리자 재이가 먼저 내렸다. 기사는 뒤따라

내리는 동우에게 티켓을 취소할 테니 뒤에 오는 버스를 타라고, 그러면 버스비를 이중으로 내지 않아도 된다고 말했다.

재이와 동우가 내린 곳은 주택가가 보이는 공터였다. 나무 한 그루, 벤치 하나 보이지 않았다. 마치 누군가 집들을 통째로 들어낸 것처럼 터만 남아 있었다. 바짝 마른 땅에 흙먼지가 날렸다. 공터를 가로질러 주택가 골목으로 뛰어가는 재이의 뒷모습은 다급해 보였다. 동우는 재이와 함께 화장실로 사용할 만한 곳을 찾았다. 상가 건물에 들어가 화장실을 찾았지만 문이 잠겨 있었다. 식당 간판을 보고 뛰어갔지만 빈 가게였다. 어쩔 수 없었다. 일반 주택의 초인종을 누를 수밖에. 하지만 어떤 집을……. 왜 이 골목은 지나다니는 사람도 없을까.

다시 공터 쪽으로 걸어 나왔다. 공터 맞은편에 아까는 보지 못했던 나무로 울타리를 친 집이 있었다. 울타리 안쪽에 잔디를 깔고 잔디와 닿은 벽에는 통유리를 끼운 단층 주택이었다. 입구에 '몰사진스튜디오'라는 푯말이 세워져 있었다. 유리 벽 안쪽에서 누군가 소파에 앉아 노트북을 들여다보고 있었다. 소파 옆에 뚜껑을 열어놓은 검은색 그랜드피아노와 의자가 보였다. 재이는 반쯤 열린 나무 문을 밀고 안으로 들어갔다. 잔디를 지나 현관문으로 이어진 계단을 올라갔다.

문 앞에 크고 누런 개가 길게 누워 있었다. 개는 심드렁한 눈빛으로 재이와 동우를 보고도 짖지 않았다. 재이가 초인종을 눌렀다. 동우는 유리 벽 너머 소파에 앉아 있던 사람이 현관문 쪽으로 걸어오는 걸 보았다. 안에서 잠금장치가 풀리는 소리가 들렸다. 문을 연 사람은 키가 작고 깡마른 데다 얼굴이 창백했다. 의아한 눈길로 쳐다보는 그에게 재이가 화장실을 사용할 수 있는지 물었다. 그는 말없이 한쪽 팔을 들어 손가락으로 화장실이 있는 곳을 가리켰다. 재이가 신발을 벗고 안으로 들어갔다. 동우는 그에게 가볍게 고개를 숙였다. 무표정한 얼굴에 쑥 들어간 눈이 날카로웠다.

울타리 밖에서 동우는 재이를 기다렸다. 무겁고 나른한 공기가 주위를 맴돌았다. 머리 위로 메마르고 따가운 햇볕이 쏟아졌고 바람 한 점 불지 않았다. 동우는 고개를 들고 높이 떠오른 태양을 올려다보았다. **빛나는 것들은 소리를 지르지 않아.** 그것은 재이가 지은 노래의 한 구절이었다. 동우는 노래를 흥얼거렸다. 몰사진스튜디오에서 피아노 소리가 들려왔다.

*

엘리베이터의 문이 열리는 순간 동우는 뒤로 물러섰다. 어른의 덩치만큼 큰 개가 혀를 내밀며 꼬리를 흔들었다. 양옆으로 두 명의 노인이 서 있었다. 그들은 행복한 노년을 홍보하는 시니어

모델처럼 보였다. 흰색 페도라를 쓴 할아버지가 개의 목줄을 쥐고, 보라색 스카프를 맨 할머니가 옆에 바짝 붙어 있었다.

"괜찮아요. 안 물어요."

할머니의 말에 할아버지도 괜찮다고, 타도 된다며 옆으로 비켜 서서 자리를 만들었다. 한동안 그렇게 서 있었다.

"타세요."

동우 옆에 서 있던 정 실장이 말했다. 동우는 고개를 가로저었다. 정 실장이 엘리베이터 안으로 발을 옮겼다.

"순해서 안 물어요."

엘리베이터에 탄 정 실장이 노인들과 비슷한 말을 건넸다. 엘리베이터 문이 닫히려고 하자 정 실장이 열림 버튼을 눌렀고, 가운데로 모이던 문이 양옆으로 벌어졌다.

"정말 안 탈 거예요?"

동우는 문 옆으로 비켜섰다. 할머니와 큰 개, 할아버지와 정 실장의 눈이 일제히 동우를 향했다. 아마도 동우의 얼굴에 드리워진 두려움을 보았을 것이다. 동우는 한 걸음 더 뒤로 물러섰다. 눈앞에서 문이 닫히고 그들의 모습이 사라졌다.

조금 뒤 다시 내려온 엘리베이터에 정 실장이 타고 있었다. 동우는 의아했지만 반가웠다. 정 실장이 문을 잡아주자 안도감을 느꼈다.

"고마워요."

동우가 말했다.

"아니에요. 그분들이 내려가보라고 하더라고요."

정 실장은 불필요한 오해를 차단하려는 듯 딱딱한 어조로 말했다.

"압니다."

동우의 입에서도 무뚝뚝한 목소리가 튀어나왔다. 무안했는지 정 실장은 개에 대해 말하기 시작했다.

"아까 그 개는 영화에도 자주 나오는 개예요. 덩치만 컸지 얌전해서 가정집에서도 많이 키워요. 저는 그런 개를 키울 수 있는 집에서 살고 싶어요."

정 실장과 동우는 음악 관련 행사에서 가끔 얼굴을 보거나, 겹치는 지인이 있어 사석에서 서너 번 술을 마신 적이 있는 공적이면서도 사적인 관계였다. 최근엔 '경의선 공유지를 지키기 위한 공연'에 갔다가 플리 마켓에서 향초를 팔고 있는 정 실장을 만난 적이 있었다. 음반 디자이너가 향초 디자인도 하느냐고 물었더니 취미 삼아 직접 만든 거라고 했다. 동우는 플리 마켓을 벗어나기 전 아는 기타리스트를 만나 인사하다가 정 실장이 있는 쪽을 돌아보았다. 정 실장은 양손에 턱을 괴고 불 켜진 초 앞에 앉아 있었다.

"아까 그분들이 그러더라고요. 그렇게 혼자 두고 오는 게 아니었다고. 저한테요. 우리가 그러면 안 되는 사이처럼 보였나봐요.

이상하죠. 혼자 두고 오면 안 되는 사이는…… 없어요."

정 실장은 생각에 빠진 것처럼 골몰한 표정을 지었다. 동우는 여러 가지 감정이 뒤섞여 어색하게 서 있었다. 정 실장은 동우가 개를 무서워한다는 걸 알았고, 동우는 정 실장이 어떤 집에서 살고 싶어 하는지를 알았다. 말하자면 서로의 트라우마와 로망을 알게 된 셈이었다. 누구도 버튼을 누르지 않았다. 정 실장과 동우는 잠깐 닫힌 공간에 멈춰 있었다. 그 사실을 먼저 안 동우가 층수 버튼을 눌렀다.

건물 앞에서 우연히 만난 정 실장과 동우는 재이의 오피스텔에 가는 중이었다. 정 실장은 재이의 카세트플레이어를 사용하기 위해, 동우는 카세트덱의 문제를 상의하기 위해서.

지난달에 정 실장은 재이의 1집 앨범을 카세트테이프로 재발매하자고 제안했다.

"팔릴까?"

재이가 시큰둥하게 물었다.

"잘 팔릴걸요. 귀엽잖아요. 만지면 느낌도 좋고. 요즘 애들한테는 그런 게 최신이에요. 처음 해보는 것, 경험하지 못한 거니까. 실물을 처음 보는 애들도 많아요. 게다가 소량 한정판이고."

재미있는 해석이었다. 하지만 재이는 선뜻 하겠다고 말하지 않았다.

"카세트플레이어를 소품으로 활용해서 브로마이드를 만드는 건 어때요? 접어서 케이스 안에 넣으면?"

정 실장은 홍보 효과를 운운하며 디자인이 예쁜 카세트플레이어를 검색하기 시작했다.

"해봐, 재밌겠는데?"

동우가 동조하자 재이가 뜻밖이라는 표정을 지었다.

"그래? 하긴, 내 노래는 카세트테이프가 더 잘 어울릴지도 몰라. 시디는 증류수 같아. 매끈하게 정제돼서 좀 무감각하지."

결국 재이는 한정판으로 100개의 카세트테이프를 발매하기로 했다. 동우는 '레코드 페어'에서 카세트 특별전을 기획하고 있으니 거기에서 판매해보라고 권했다. 재이는 기타 강사와 타로 리더를 하면서 돈을 벌었고, 그 돈을 모아서 앨범을 냈다. 늘 그랬듯 제작비는 재이가, 디자인은 정 실장이, 녹음은 동우가 맡았다.

음악 카세트테이프는 대개 공장에서 32배속 이상의 고속 복사 방식으로 생산한다. 하지만 동우는 마스터 음원을 한 번에 하나씩 1배속으로 녹음하는 방식을 택했다. 시간과 품이 더 드는 번거로운 작업이었지만 그렇게 하는 게 확실히 음질이 뛰어났다. 동우는 이번 작업을 위해 디지털 아날로그 변환기와 카세트 덱을 샀다. 그런데 녹음하던 중 카세트덱에서 좀처럼 보기 힘든 문제를 발견했다.

"그걸 어떻게 알았어요?"

정 실장이 물었다.

"녹음한 테이프를 헤드폰으로 들어봤는데, 타이틀곡의 일렉 기타 소리가 원본 음원과 달랐어요. 반대쪽에서 들렸어요."

동우는 녹음할 때부터 왠지 뉘앙스가 다르게 들렸다고 덧붙였다.

"왼쪽에서 들리는 악기와 오른쪽에서 들리는 악기를 왜 나누는 거예요?"

"스테레오니까 그런 거지."

재이가 대수롭지 않게 대답했다. 스테레오는 좌우 두 개의 스피커에서 각각의 소리가 나오고, 그게 어우러져서 가상의 이미지가 만들어진다고. 그래서 그 음악이 표현하려는 음향 공간이 눈에 보이듯 펼쳐진다고. 동우가 바로 그런 일을 하는 사람이라고.

"와, 그게 보여요? 두 사람 다?"

정 실장이 재이와 동우를 번갈아 쳐다보았다. 당연하다는 듯 재이가 동우를 보며 미소 지었다.

"입체적인 음향 공간이 잘 그려지지 않으면 음향적 쾌감이 줄어들어요. 예를 들면, 왼쪽에선 드럼 소리만 나오고 오른쪽에선 기타 소리만 나와요. 그건 그냥 음이 두 개로 나오는 거예요. 스테레오는 전문적인 테크닉을 써서 공간을 넓고 깊게, 악기들이 제각기 가상의 무대에 자리를 잡은 것처럼 들리는 거예요. 긴장감이나 어떤 무드 같은 게 만들어지기도 하고, 녹음 공간의 미묘한 흐름도 느낄 수 있어요."

호기심 가득한 눈으로 동우의 말을 경청하던 정 실장이 고개를 갸웃거렸다.

"이게 청각과 시각의 차이일까요? 저처럼 시각 정보로 먹고사는 사람은 설명을 들어도 잘 모르겠어요."

"모를 수 있어요. 무심코 들으면."

"설마 좌우가 바뀌었을 거라곤, 그런 생각 자체를 못 하잖아요. 대단하세요."

정 실장이 동우를 추켜세웠다. 하지만 동우는 그 일이 대단한 일이 아니라는 걸 알고 있었다. 그것은 경험과 정보가 쌓이면서 자연스럽게 몸에 밴 일종의 '감'이었다. 동우는 몇 마디 말을 더 보태려다가 그만두었다. 매일같이 하는 일을 말로 설명하려니까 그 일이 단순해지면서 거리감이 생겼다.

정 실장이 재이의 구형 인켈 오디오에 자신이 가져온 카세트 테이프를 끼워 넣었다.

"전에 말한, 부모님 결혼식 녹음 테이프요. 중간에 주례 선생이 '시처럼 살아라' 큰 소리로 외친대요."

정 실장이 기대에 찬 눈으로 카세트덱을 들여다보았다. 하지만 시처럼 살라는 주례사를 들으려면 좀 더 기다려야 할 것이다. 디지털 음원처럼 원하는 부분만 클릭해서 들을 수 없을 테니까. 카세트테이프 같은 선형 미디어는 빨리 감기로 원하는 부분을 찾아갈 수는 있어도 건너뛸 수는 없다. 그 과정을 순차적으로 경험해야 한다. 마치 열차처럼, A칸에서 Z칸까지 가려면 한 칸씩 그곳을 지나가야 한다. 뛰어가든 걸어가든. 그것이 카세트테이프가 주는 재미이자 불편한 매력이었다.

*

좌우 채널이 바뀐 그 카세트덱을 동우는 오디오 동호회의 중고 장터에서 샀다. 기기의 하자를 발견한 날, 판매자인 박정용 씨에게 전화를 걸었다. 살 때는 문자메시지만 교환해서 몰랐는데 박은 중고 거래에 경험이 많은 사람 같았다. 친절한 말투로 요점만 짚으며 순순히 환불해주겠다고 했다. 동호회 장터 게시판에 박이 올린 글이 꽤 많았다. 취미의 수준을 넘어 음향기기를 전문적으로 판매하는 업자처럼 보일 정도였다. 동우는 박이 알려준 주소로 카세트덱을 직접 들고 갔다. 가까운 거리이기도 했지만 문제가 뭔지 정확히 알려주고 싶었다. 수리도 안 하고 다른 사람에게 되팔면 자기 같은 사람이 또 생길 것 같아서였다.

박의 사무실은 마포역 근처 상가 건물의 10층에 있었다. 출입문 왼쪽에 '마포녹색신문사'라는 목재 간판이 보였다. 잘못 왔나 싶었는데 박이 알려준 호수가 맞았다. 문을 노크하자 안에서 들어오세요, 하는 소리가 들렸다. 전화기 너머로 들은 박의 목소리였다.

"식사는 하셨어요?"

박은 소파 테이블에서 짬뽕을 먹고 있었다. 머리칼을 숯처럼 염색했지만 전체적인 인상은 50대 후반으로 보였다. 시간은 오후 두 시가 훌쩍 넘어 있었다. 동우는 들고 온 카세트덱을 바닥에 내려놓고 사무실을 둘러보았다. 사무실은 스무 평 정도의 직사각형 모양이었다. 짧은 쪽 벽에 유리 칸막이로 나눈 사장실이, 긴 쪽 벽에 오디오기기가 전시돼 있었다. 스피커와 앰프가 어림잡아도 스무 가지는 넘어 보였다. 소규모 오디오숍 정도의 물량이었다. 박은 남은 짬뽕을 계속 먹었다. 나무젓가락으로 면발을 길게 끌어 올려 먹는 동작이 편안하고 익숙해 보였다. 너무나 태연하게 짬뽕을 먹고 있는 박을 보자 동우는 카세트덱의 문제를 설명해주고 싶은 마음이 사라졌다. 박은 휴지로 입가를 닦으며 사장실에 들어가 서류철에 꽂아둔 걸 쑥 빼서 들고 나왔다. 농협 마크가 인쇄된 흰 봉투였다. 동우는 박이 지켜보는 앞에서 봉투에 든 5만 원권 지폐를 두 번 세었다. 맞네요. 동우는 그 말만 하고 돌아섰다.

"근데, 좌우 채널이 바뀐 걸 어떻게 알았어요?"

등 뒤에서 박이 물었다.

"그거야 금방 알죠. 원래 노래랑 좌우가 바뀌어서 들리는데."

동우는 박에게 화가 좀 나 있었다. 제품의 결함을 알고도 팔아 먹은 양심 없는 업자처럼 보여서였다. 동우는 카세트덱의 모니터 스위치를 눌렀다 뺐다 하는 동작을 보여주며, 기기로 입력되는 음악과 녹음된 음악을 비교하면 쉽게 판별할 수 있다고 설명했다.

"저도 상태를 모르고 매입했거든요."

박은 알았으면 안 팔았을 거라고 했다. 표정을 보니 진심인 것 같았다. 박에게 난 화가 조금은 누그러졌다. 박이 커피 한잔 마시고 가라며 동우를 붙잡았다. 괜찮다고, 금방 마시고 왔다고 하자 냉장고에서 비타민 드링크제를 꺼내 뚜껑을 돌린 다음 건넸다. 할 수 없이 받아 든 동우는 오디오기기가 전시된 쪽을 가리켰다.

"저걸 다 모으신 건가요?"

"아니 뭐, 취미로 시작했는데 어쩌다 보니 많아졌어요. 오디오라는 게 그렇잖아요. 이걸 써보면 또 다른 걸 써보고 싶고."

박이 동우가 가져온 카세트덱을 소파 테이블에 올려놓았다.

"이게 나카미치 브랜드에서 제일 좋은 거예요. 아시죠?"

동우에게 모델 번호 '1000'은 나카미치에서 출시된 것 중에 두 번째로 좋은 기종이었다. 최고의 명기는 나카미치 드래곤이었다. 하지만 동우는 대화를 길게 이어가고 싶지 않아서 그렇죠, 라고 대답했다. 박은 음향기기에 대해 동우와 좀 더 얘기를 나누고 싶은 눈치였다. 어떤 취미든 동호회 활동을 하지 않는 이상 공통된 화제로 대화를 나눌 수 있는 상대를 만나기란 쉽지 않다. 동우 같은 사람을 만나서 반가운 것이다, 박은.

"여기가 신문사였나요?"

문 옆에 걸어둔 간판이 생각나서 한 말이었다.

"지금도 신문사 맞아요. 오래됐지. 지금은 나 혼자 하지만. 다 알바한테 맡기고."

동우는 사장 혼자 사무실을 지키는 마포녹색신문사의 수입만으로 저렇게 많은 오디오기기를 살 수 있을까, 하는 의문이 들었다. 동우의 의구심을 짐작했는지 박이, 우리 신문사도 잘나가던 시절이 있었어요, 하고 웃었다.

"지금 여기가 뭐 하는 데처럼 보여요?"

오디오기기만 없다면 이곳은 동우가 어린 시절에 살았던 동네 어귀의 복덕방 같았다. 그날의 날짜만 커다랗게 인쇄해서 한 장씩 뜯게 만든 벽걸이 달력과 앉은 자리가 푹 꺼진 가죽 소파, 유리가 깔린 소파 테이블과 그 위에 놓인 난초 화분. 하지만 동우는 음악 감상실 같다고 둘러댔다.

"그럼 한번 골라봐요. 한 곡 들려드릴게."

박이 음반용 수납장을 가리켰다. 위쪽에 시디를, 아래쪽에 엘피를 꽂아 넣을 수 있게 짠 자작나무 장이었다. 박의 얼굴에 소장한 음반을 자랑하고 싶은 마음과 동우의 평가에 대한 순수한 호기심이 그대로 드러났다. 하지만 동우는 그곳에서 음악을 듣고 싶지는 않았다. 다음에 듣겠다고, 이만 가보겠다고 말했다.

"아, 그럼 이거 하나만. 이 스피커 굉장히 특이한 건데, 전문가의 의견을 한번 들어보고 싶었어요."

특이한 스피커라는 말에 귀가 솔깃했다. 박이 가리킨 스피커는 처음 보는 브랜드의 제품이었다. 밑단에 붙은 로고가 생소했다. 모양은 깔때기처럼 안쪽으로 급하게 좁아지는 진회색의 중고음부와 궤짝 같은 저음부로 구성된 스피커였다.

"개인이 만든 건가요?"

스피커에 관심을 보이자 박이 반색하며 물었다.

"테스트 곡은 뭘 들어볼까요?"

"……피에르 앙타이가 연주하는 바흐의 「골드베르크 변주곡」 중에서, 아리아 부분을 듣습니다."

"그럴 줄 알았어요. 왠지 선생은 따로 듣는 테스트용 음반이 있을 것 같더라고."

하지만 박의 음반 수납장에는 동우가 말한 앨범이 없었다.

"분명히 있었는데…… 어디 다른 데 둘 리가 없는데…… 구하기 어려운 거라서 빌려줬을 리도 없는데…… 참, 나……. 저는 테스트 곡으로 차이콥스키의 피아노곡을 들어요. 아쉽지만 이거라도."

박이 들고 온 시디는 리디아 아티미우가 연주한 차이콥스키의 「사계」였다.

"이거, 극저온 처리한 시디예요. 아시죠?"

시디를 냉동했다가 해동하면 음질이 좋아진다는 건 동우도 알고 있었다. 단골 오디오숍 사장도 극저온 처리를 시도한 적 있었다. 드럼 세탁기만 한 크기의 참치 냉동고를 사서 시디를 영하 150도 이하에서 일주일간 얼렸다가 냉동고 온도를 천천히 올리면서 해동했다. 그렇게 하면 디지털신호를 기록한 금속 막이 평평하게 펴지면서 레이저가 더 정확하게 금속 막의 신호를 읽어낸다는 것이다. 물론 그런 방법으로 어떻게 소리가 좋아지느냐고, 오디오 애호가에게 업자들이 사기를 치는 거라고 말하는 사람들도 있었다. 디지털데이터가 변형되는 것도 아닌데 다르게 들린다는 건 단지 기분일 뿐이라고.

박이 시디플레이어에 시디를 넣고 리모컨을 조작하자 옆에 놓인 앰프의 푸른 창에서 검고 가느다란 바늘이 움직이기 시작했다. 피아노 소리가 공간에 퍼지는 순간, 동우는 머리가 저릿저릿하고 고막이 찌릿했다. 벽을 뚫고 저 멀리 소멸하는 소리에 동우는 전율했다. 단골 숍 사장이 극저온 처리한 시디보다 훨씬 음역이 넓고 깊었다. 고음역과 저음역 사이가 매끄럽게 이어졌고 배경이 투명하고 검었다. 불 꺼진 무대에 촛불을 켠 것처럼 공간이 부드럽게 채워지는 느낌이었다.

「사계」 중에서 「6월 뱃노래June : Barcarolle」가 흘러나오자 배에 탄 사람들과 배의 모양, 강물의 흐름, 그 뒤의 산세까지 이미지로 다가왔다. 우주처럼 광활해지기도 하고, 돋보기로 들여다보는 것처럼 세세하게 다가오기도 했다. 입체적인 음향 공간 속에서 동우는 재이의 노래를 들었다. 박이 시디를 한 손에 들고 가운데 뚫린 구멍으로 동우를 보았고, 동우는 시디 구멍에 박의 한쪽 눈동자가 채워지는 것을 보았다. 구멍을 채운 눈동자가 동우를 뚫어지게 쳐다보았다. 마치 흡착기처럼 맹렬하고 집요하게. 무섭다기보다는 신기해서 동우도 눈동자를 응시했다. 눈동자 안에는 눈동자보다 까만 점이 있었다. 까만 점은 동우가 응시할수록 점점 커졌다. 한 번도 깜박이지 않던 박의 눈이 깜박이자 누군가 플레이 버튼을 누른 것처럼 재이의 노래가 흘러나왔다. 재이는 버스킹이 있는 날이면 마지막 곡으로 꼭 「6월 뱃노래」의 멜로디가 들어간 자작곡을 불렀다.

"왜 그 노래는 없어요, 앙코르 송으로 부르던 피날레?"

매주 목요일마다 홍대 근처 주차장에서 하는 재이의 버스킹을 보러 갔지만, 가까워지기 전이어서 존댓말을 쓰던 때였다. 재이는 나중에 말해줄게요, 하고 대답을 미뤘다. 그리고 발매된 앨범을 들고 인사차 찾아온 날 그 노래에 얽힌 사연을 들려주었다.

"그 노래는 정규 앨범에 넣을 수 없었어요. 엄마 생각나서 부르다가 울까봐……. 엄마가 차이콥스키의 「6월 뱃노래」를 좋아했거든요. 생전에 장례식 때 틀어달라고 했는데, 장례식 끝나고 생각이 났어요."

그날부터였던 것 같다. 늘 일정한 거리를 유지하던 재이가 조금씩 가까이 다가온 게. 재이의 엄마, 민 교수는 동우의 석사 논문을 심사한 교수 중 한 명이었다. 동우의 지도 교수와 친분 있는 다른 학교의 실용음악과 교수였다. 동우는 민 교수의 장례식장에서 재이를 처음 만났다. 재이는 상주로, 동우는 문상객으로. 5년 전이었다. 그 후 동우는 음악인 지원 사업의 심사를 보다가 재이의 지원 서류를 보았고, 재이가 지은 노래를 듣고 팬이 되었다. 누구도 사귀자는 말을 하지 않았지만 가까운 사이가 되었고, 그렇게 또 3년의 시간이 흘렀다.

동우를 만나기 전 재이는 난관에 혹이 생겨 한쪽 난관을 절제했다. 그런데 올해 건강검진에서 다른 쪽 난관에 또다시 혹이 발견되었다. 담당 의사는 혹의 크기를 작게 만드는 약물치료를 권했다. 혹이 작아질지는 장담할 수 없지만, 더 커지는 건 막을 수 있다고. 재이는 의사의 말을 그대로 동우에게 전했다. 약물치료를 시작한 후부터 재이는 몸이 보내는 신호에 민감하게 반응했다. 자석에 붙은 쇳가루처럼 온몸의 신경이 곤두서 있다고 했다.

"아무래도 혹이 너무 커서 장을 자극하는 것 같아. 버스킹에 나가서도 집중이 안 돼. 차라리 잘라냈으면 좋겠어. 그래도…… 돼?"

그 말을 하던 재이의 표정을 잊을 수 없다. 동우를 바라보는 눈길에 불안과 절박함이 오가더니 금세 볼이 붉어졌다. 그걸 왜 나한테……. 동우는 그것이 프러포즈라는 걸 뒤늦게 깨달았다. 재이의 손을 잡자 익숙한 감촉이 손안에 퍼졌다. 따뜻하고 평화로운, 뜨겁지도 차갑지도 않은.

「6월 뱃노래」가 끝나자 박이 플레이어에서 시디를 꺼내며 중얼거렸다. 좋은 귀를 가졌네. 동우는 머리가 지끈거렸다. 양손으로 관자놀이를 눌렀다. "한쪽이 안 들리는 것도 아니고 그냥 좌우가 바뀐 것뿐이잖아요. 그런데도 고장 났다고 할 수 있나요? 안 바꿔주면 어쩌죠?" 갑자기 정 실장과 나눴던 대화가 잡음처럼 끼어들었다. "뉘앙스가 달라지는데, 음악은 뉘앙스가 다르면 음악이 만들어내는 공간이 달라져요. 오디오 애호가는 그 차이를 존중해요. 구하기 힘든 제품이어서 아마 환불해줄 거예요."

박은 깨지기 쉬운 물건을 다루듯 시디를 조심스럽게 케이스에 넣은 뒤 사장실로 들고 갔다. 구석에 있는 냉동고의 뚜껑을 활짝 열어젖힌 다음 두꺼운 방한용 장갑을 끼고 시디를 집어넣었다. 동우는 냉동고 앞면에 붙은 디지털식 전자시계를 보았다. 검은색 바탕에 적색 숫자, 네 개의 숫자 사이에 두 개의 점이 점멸했다.

사장실에서 나온 박이 청취 소감을 물었다. 동우는 심장이 터질 것처럼 벅찼다고 느낀 대로 가감 없이 말했다.

"맞아요. 이런 음악을 들으면 심장이, 혹시, 무향실無響室에 들어가본 적이 있나요?"

없다고 하자 박이 바짝 다가와 목소리를 낮췄다.

"다들 그러잖아요. 무향실에서는 자기 몸에서 나는 소리만 들린다고. 진짜 그래요. 몸을 움직이면 피부가 옷감에 스치는 소리, 침 삼킬 때 목젖이 울리는 소리, 심장이 두근거리는 소리까지 느낄 수 있어요. 그런 건 평소에 잘 못 느끼잖아요. 진짜 고요하지. 마치 우주 공간에 홀로 떠 있는 것처럼. 무향실에서는 이론적으로만 가능한 소음의 수치를 경험할 수 있어요. 마이너스 소음의 세계."

"불안할 것 같은데……."

사실, 동우는 자동차 엔진 개발연구소의 무향실에 들어가본 적 있었다.

"아니요. 너무나 편안했어요."

박의 표정은 진지했다. 동우는 자신의 몸에서 나는 소리만 듣고 있었던 무향실의 경험이 떠올랐다. 소리의 진동과 반사가 없는 공간에서 자신의 심장이 뛰는 소리를 느끼는 건 고통스러웠다. 동우는 다른 소리를 듣고 싶었다. 그것이 비록 자동차 엔진의 소음뿐일지라도.

박이 들려준 음악을 듣고 음향적 쾌감을 체험한 동우는 그 뒤로 고음악과 팝송을 몇 곡 더 들었다. 하지만 박이 계속 시디를 가져오자 슬슬 피곤해졌다. 박이 동우의 얼굴을 살피더니 시디를 정리하기 시작했다.

"구매할 의향이 있으면 언제든 말만 해요. 선생한테는 좋은 가격에 줄 테니."

동우는 헛웃음이 나왔다. 이제 그만 이곳을 떠나고 싶었다. 때마침 박이 전화를 받으러 사장실에 들어간 사이 밖으로 나왔다. 동우는 건물 밖 보도블록에 서서 마포녹색신문사가 있는 10층을 올려다보았다. 뭔가 허전했다. 아직 다하지 못한, 뭔가 해야 할 일을 하지 않은 것 같은 느낌이 들었다. 머뭇머뭇하다가 동우는 다시 마포녹색신문사로 올라갔다. 잠깐 담배를 피우러 나갔다 온 것처럼 하자, 그럼 자신이 하지 않고 놓친 게 뭔지 박이 먼저 알려줄지도 모른다.

박은 동우를 보자마자 소파에서 일어나 사장실로 갔다. 박이 들고 나온 것은 카세트테이프였다. 동우는 그게 뭔지 금방 알아채지 못했다. 테이프 위에 적힌 날짜를 보고 겨우 알아차렸다. 주례사 부분만 컴퓨터에서 들을 수 있게 디지털 파일로 변환해주겠다며 받아 온, 정 실장의 카세트테이프였다. 작업이 끝난 후 카세트덱에서 미처 꺼내지 않은 것이었다. 동우는 그곳을 나서기 전, 박이 들려준 스피커를 다시 한 번 보았고, 마침 생각난 듯 휴대폰을 꺼내 스피커와 로고를 사진 찍었다. 그때 동우는 휴대폰 속에 자동 저장되는 사진처럼 두 개의 스피커가 자신의 방에 안착하리라는 걸 예감했다. 박은 단골 오디오숍 사장처럼 엘리베이터 앞까지 동우를 배웅했다.

동우는 정 실장의 카세트테이프를 재이 편에 전해줄 수도 있었다. 하지만 정 실장에게 바로 전화를 걸었다. 정 실장은 작업실에서 전화를 받았다. 정 실장의 작업실은 재이의 오피스텔 근처에 있었다. 어차피 가는 길이야, 잠깐 들렀다 가는 건데 뭐, 그렇게 단순하게 생각했다. 건물 입구에서 뛰어나오는 정 실장의 모습을 보기 전까지.

"이걸 주려고 일부러 오신 거예요?"

동우는 준비한 대답이 없어 머뭇거렸다. 카세트테이프를 건넨 뒤 들어가보라고, 가야겠다고 말했다.

"에이지 클럽에서 개관 10주년 기념 앨범을 만든대요. 곧 연락이 갈 거예요."

정 실장이 발끝을 내려다보며 말했다. 태연해 보였지만 정 실장이 준비한 말은 거기까지였다. 동우는 그대로 돌아서 재이의 오피스텔 쪽으로 걸어갔다. 카세트테이프를 건넬 때 스치듯 지나간 감촉. 동우는 그곳에 간 걸 후회했지만 손끝에 남은 감촉은 어쩌지 못했다. 늘어난 카세트테이프처럼 자신의 마음이 늘어지고 있다고, 동우는 생각했다. 그의 내부에 미세한 균열이 일어나고 있었다.

에이지 클럽의 앨범 작업은 예상보다 오래 걸렸다. 정 실장이 동우의 스튜디오에 간식을 들고 찾아왔다. 새벽에 보컬 부스 안으로 들어간 정 실장은 구석에 있는 의자에 앉아 졸았다. 컨트롤 룸에서 믹싱 중이던 동우는 시창視窓 너머로 그 모습을 보았다. 벽에 기댄 정 실장의 머리가 점점 옆으로 기울어졌다. 재이는 보컬 부스에 들어가면 긴장해서 의자에 제대로 앉지도 못했는데……. 동우는 더 늦기 전에 보컬 부스로 들어가 정 실장의 어깨를 흔들었다. 얼굴을 찡그리며 가늘게 뜬 눈이 동우를 올려다보았다. 둔탁하지만 깊게 열린 눈. 정 실장은 돌아갔지만 그 눈빛은 그대로 그의 머릿속에 남았다.

정 실장을 다시 만난 건 며칠 뒤 재이의 오피스텔에서였다. 재이와 함께 미뎀 음악 박람회에 갈 계획을 짜고 있을 때, 정 실장이 타로 상담을 받고 싶다며 찾아왔다. 재이는 오피스텔에서 타로 상담을 할 때면 바닥에 앉아서 상대와 마주했다. 소파에 앉아 있던 동우는 좌탁에 마주 앉은 재이와 정 실장을 내려다보았다. 검은색 벨벳 탁자보 위에 타로를 올려놓은 재이가 정 실장에게 궁금한 게 뭐냐고 물었다.

"사귀는 사람과 헤어지고 싶어요. 근데 제가 먼저 말하고 싶지는 않아요."

"왜 헤어지고 싶은지 물어봐도 될까?"

정 실장이 대답을 망설였다. 동우는 탁자 위에 놓인 찻잔을 싱크대로 들고 갔다. 동우가 다시 자리로 돌아왔을 때, 좌탁 위에는 타로의 뒷면이 무지개 모양으로 펼쳐져 있었다. 정 실장이 세 장의 카드를 골랐고, 재이가 차례대로 카드를 뒤집었다. 재이에게 들은 풍월대로라면 달, 전차, 죽음, 모두 메이저 카드였다.

"기존의 관계는 깨질 거야. 새로운 시작을 예고하고 있어. 결국, 바라는 대로 된다는 건데……"

재이는 타로 리더로서 조언 카드 한 장을 뽑았다. 벌거벗은 남녀가 양팔을 벌리고 서 있는 연인 카드였다. 재이의 입에서 낮은 탄성이 새어 나왔다.

"이렇게 뽑기 정말 어려운데, 얘까지도 메이저야. 새로운 시작은 새로운 인연을 만난다는 것."

재이는 헤어지고 싶으면 너무 오래 참지 말고 헤어지라고 조언했다. 정 실장은 카드 네 장을 한곳에 모은 뒤 휴대폰으로 사진을 찍었다. 동우는 연인 카드를 거꾸로 보았다. 태양을 등진 천사가 나체의 남녀 위에서 눈을 감고 있었다. 카드에서 시선을 거두고 고개를 든 순간 재이의 눈길이 동우에게 부딪혔다가 비껴갔다.

정 실장이 가고 난 후 재이와 동우는 다시 미뎀 여행 이야기로 돌아갔다. 차이콥스키의 「사계」를 틀어놓고 노트북을 켰다. 박람회장에서 멀지 않은 코트다쥐르의 숙소를 예약하고 해안가의 맛집을 검색했다. 스피커에서 「6월 뱃노래」가 흘러나왔다. 검색창을 들여다보던 재이가 돌연 노트북을 덮었다.

"다음에, 내년에 가자."

갑작스러운 재이의 말에 동우는 혼란스러웠지만 침착하게, 몸 상태가 더 나빠진 거냐고 물었다. 재이는 대답 없이 고개만 끄덕였다. 동우는 혼자 미템에 갈 수도 있었지만, 정말로 그러고 싶었지만 입을 꾹 다물었다. 침묵을 깨고 불현듯,

"이 배에 몇 명이 탄 거 같아?"

재이가 물었다.

*

"혹시, 방금 피아노 연주하지 않았나요?"

몰사진스튜디오의 창백한 그는 노트북을 들여다보며 아니라고, 시디를 틀었다고 말했다.

"그 시디, 차이콥스키였나요?"

동우의 연이은 질문에 창백한 그가 고개를 들었다.

"아닌데요."

동우는 그럴 리 없다고, 정말이냐고 묻고 싶었지만 참았다. 동우의 귓가에는 아직도 「6월 뱃노래」의 멜로디가 맴돌았다. 혼란에 빠진 동우는 현관문을 열고 우두커니 서 있었다. 창백한 그가 동우를 슬쩍 쳐다보았다.

"화장실은 안쪽에 있어요."

동우는 주저하다가 신발을 벗고 안으로 들어갔다. 그의 손가락이 가리켰던 방향, 화장실이 있는 쪽으로 걸어갔다. 밖에서는 보이지 않았던 코너 안쪽에 거실보다 큰 공간이 자리했다. 삼각 스탠드와 검은색 반사 우산, 불 꺼진 공간에 수평선이 보이는 해변 사진과 두 개의 선탠 의자가 놓여 있었다. 동우는 바닥에 깔린 모래 위에서 샌들과 모자를, 의자 위에서 선글라스와 모형 보트를 보았다. 맞은편 벽에는 흑백으로 찍은 손금과 손바닥 사진들이 벽지를 바른 것처럼 빼곡히 붙어 있었다. 아무리 둘러봐도 화장실이 있을 만한 곳은 없었다.

"화장실이 어디죠?"

"저기, 계단 아래."

창백한 그가 가봐도 된다는 듯 계단 입구를 가리켰다. 지하와 1층을 연결한 층계참에 화장실 표지판이 보였다. 동우는 계단 아래로 내려가 재이의 이름을 불렀다. 재이야, 재이야…….

또다시 피아노 소리가 들려왔다. 건물 밖에서 들었던 그 연주였다. 소리는 지하에서 올라왔다. 동우는 화장실을 지나 더 아래로 내려갔고, 귀를 기울이자 밤의 강물 위에 곤돌라를 탄 사람들의 모습과 출렁거리는 달빛이 보였다.

"이 배에 몇 명이 탄 거 같아?"

"……."

"잘 들어봐. 나는 보이는데, 이 배에 몇 명이 탔는지, 그들이 어떤 표정으로 뭘 하는지도, 다 보여."

재이의 말끝에 수심愁心이 고였다. 적막한 밤, 차가운 빗방울이 툭툭 이마에 닿았다. 강물 위에 떨어진 빗방울이 파문을 일으키듯 음표 하나하나가 명멸했다. 배에 탄 사람들의 얼굴이 스치듯 지나갔다. 동우는 정신이 아득했다. 이제야, 재이의 질문을 이해했다. 달빛 아래 물결은 잔잔했지만 배는 흔들렸고, 수면에 반사되어 일렁이는 자신의 얼굴을 보자 동우는 울고 싶어졌다. 재이는…… 알고 있다. 내가 흔들리고 있다는 것을.

현관 앞에 있는 재이의 신발을 앞으로 돌려놓고 동우는 몰사진스튜디오를 나왔다.

햇빛을 피해 골목 안 건물의 그림자 속에서 재이를 기다렸다. 문득 끊었던 담배 생각이 간절했다. 자신도 모르게 주머니를 더듬었다. 딱 한 대만 피웠으면, 하고 주위를 둘러보았다. 골목은 여전히 인적 없이 고요했고, 골목이 갈라지는 곳마다 초록색 의류 수거함이 놓여 있었다. 초록색 의류 수거함은 몰사진스튜디오 앞, 동우가 서 있는 그늘 속에도 있었다. 투입구에 롤러스케이트 한 짝이 튀어나와 있었다. 가까이에서 보니 진흙 묻은 바퀴가 턱에 걸려 조금만 밀면 안으로 떨어질 것 같았다. 동우가 바퀴를 옆으로 기울이자 롤러스케이트가 투입구 안으로 빨려 들어갔다.

투입구 밑에 있는 글자를 본 건 그 후였다.

· 수거 품목 : 헌 옷, 신발, 가방, 담요, 누비이불, 커튼, 카펫
· 수거 안 되는 품목 : 솜이불, 베개, 방석, 롤러스케이트, 바퀴 가방
신발은 짝을 맞추어 묶거나 비닐봉지에 담아 투입을 부탁드립니다.

'의류 수거함'이라는 다섯 글자가 반원형으로, 마치 타로를 펼친 것처럼 쓰여 있었다.

동우는 공터로 달려갔다. 멀리서 몰사진스튜디오와 주택가를 바라보았다. 주택가는 미뎀 음악 박람회 중에 묵으려고 했던 프랑스 남동부 해안가의 골목 풍경과 비슷했다. 인터넷 검색창에서 보았던 코트다쥐르의 숙소처럼 붉은색 지붕에 발코니가 있는 집들이 경사진 골목 안에 길게 이어져 있었다. 어디선가 해풍이 불어오는 것처럼 코끝이 비릿했다. 언덕 위의 하얀 집들은 격자형 창문을 열어두어 마치 해안 절벽의 비밀 동굴 같았다. 몰사진스튜디오만 다른 모양이었다. 현관문을 중앙에 두고 왼쪽은 통유리, 오른쪽은 노출 콘크리트로 마감한 건물이었다. 마당 한편에 심은 능소화가 울타리 밖으로 가지를 늘어뜨렸다. 가까이에선 볼 수 없는 풍경이었다. 그러나 동우가 바라보는 풍경에 동우는 없었다. 그곳엔 창백한 그와 길게 누운 개, 재이가 있다. 그리고 누군가 계속 피아노를 연주하고 있다.

롤러스케이트가 떨어지는 소리를 듣지 못했다. 그 소리를 기다리느라 자꾸만 「6월 뱃노래」의 멜로디를 놓쳤다. 동우는 공터에서 몰사진스튜디오로, 재이를 향해 달려갔다. 몰사진스튜디오의 나무 문을 밀고 울타리 안으로 들어갔다. 입구에 길게 누워 있던 개가 일어나 짖기 시작했다. 개는 음이 소거된 화면의 일부처럼 입만 벙긋거렸다. 잔디를 밟고 현관문으로 뛰어갔다. 문고리를 잡아당겼지만 문은 열리지 않았다. 주먹으로 문을 두드렸다. 초인종을 계속 눌렀다. 동우의 입에서 나온 말은 한 마디도 발화되지 못했다. 정적이 모든 소리를 빨아들였다. **빛나는 것들은 소리를 지르지 않아.** 되감기로 돌아간 재이의 노래가 머릿속을 휘저었다.

건축 공간에 미치는
빛과 중력의 영향

해주가 에스컬레이터에서 넘어졌다. 눈썹 뼈 부분과 뺨, 콧등이 긁혔고 입술이 찢어진 데다 발목까지 삐었다. 교토역에 모여 있는 일행에게 손을 흔들며 내려오다 발을 헛디뎌서였다. 장 교수와 학생들은 답사를 계속하기로 했고 소라와 우진은 해주 곁에 남았다. 병원은 한 블록 떨어진 대로변에 있었다. 소라가 외국인 전용 접수창구에 접수증을 내밀자 직원이 물었다.

"예약 환자가 밀려 오래 기다려야 하는데 그래도 접수하시겠어요?"

소라는 얼마나 오래? 하고 되물었다. 직원은 오전엔 힘들다며 고개를 가로저었다.

"외국인이어도 응급이 아닌 이상 예외는 없어요."

소라는 우진에게 직원의 말을 전했고, 우진은 해주에게 어떻게 할 거냐고 물었다.

"기다려, 다른 대안 없잖아."

해주의 대답을 듣자 소라는 다리에 힘이 풀렸다. 얼마나 기다린 해외 답사인데 저런 말이 쉽게 나올까. 매년 겨울방학에 개최되는 '건축 도시 공간 국제 심포지엄'의 하이라이트는 건축 답사였다. 연구실 학생들이 심포지엄 준비를 불만 없이 했던 건 개최 도시의 주요 장소를 답사할 수 있어서였다. 석사 논문을 끝내고 졸업한 해주가 회사에 휴가까지 내고 교토에 온 이유는 차우진 때문일 것이다. 말로는 료안지에 가보고 싶어서라고 했지만 소라는 그 말을 믿지 않았다.

"선배, 소독이라도 하고 기다리죠."

소라가 말을 건넸지만 해주는 대답이 없었다. 해주 얼굴의 긁힌 부분은 그새 붉어졌고 찢어진 입술은 부풀어 올랐다. 소라는 우진에게 병원으로 오는 길에 봐둔 편의점의 위치를 알려주며 소독약을 사 오라고 했다. 우진이 병원을 빠져나가자 소라는 해주와 나란히 앉아 우진을 기다리는 꼴이 되었다. 병원 로비에는 다양한 언어와 소음이 떠돌았지만 둘 사이엔 침묵이 고였다. 소라는 해주를 업고 병원으로 걸어가던 우진의 뒷모습이 떠올랐다. 그들의 짐을 들고 뒤처져 따라가던 자신의 모습도 그려졌다. 고개를 떨구고 머리를 내젓자 맞은편에 앉은 할머니가 흘끔 쳐다보았다. 이맛살을 찌푸리는 표정이 외할머니를 닮았다. 외할머니는 소라가 한 손을 이마에 얹기만 해도 저런 표정을 짓곤 했다.

소라는 서울에서 태어나 줄곧 한강의 북쪽 지역에서만 살았다. 유학 서류를 준비하던 중 주민등록초본을 열람해보고 알았다. 초본의 첫 장에 등재된 몇 집은 생소했지만 초등학교에 다닐 때 살았던 집은 생생했다. 1층에 엄마의 부티크가 있고 2층에 주거 공간이 있는, 남산 아래 해방촌에 자리한 집이었다. 그 뒤로 여러 집을 옮겨 다녔다. 대부분 외할머니와 함께였다. 매번 햇볕이 잘 드는 집을 원했지만 그렇지 못한 집이 더 많았다. 이사한 순서대로 나열된 주소를 보다가 문득 궁금해졌다. 외할머니의 주민등록초본엔 얼마나 많은 주소가 있었을까.

해주를 대학원이 아닌 다른 곳에서 만났다면 어땠을까. 만났더라도 우진과 얽히지만 않았다면 돈독한 선후배 사이로 지냈을지도 모른다. 해주는 학부 졸업 후 대형 설계사무소에 다니다가 대학원에 들어왔다. 공부머리와 일머리를 두루 갖춘 선배여서 따르는 후배가 많았다. 해주와 우진은 학부 때부터 수차례 사귀다 헤어지기를 반복한 유명 장수 커플이었다. 소라는 그들의 긴 연애사를 풍문으로 들었다.

"너랑 이렇게 단둘이 있게 될 줄은 몰랐네."

해주가 먼저 말을 꺼냈다.

"나도 알아. 내가 이해 안 되는 거."

"……."

"후회해."

"……."

"넌 없었어? 넌 한 번도 잘못된 선택, 한 적 없었어?"

소라는 해주의 말을 못 들은 척했다.

"아직은 떠나기 전이잖아. 그러니까……."

곁눈질로 힐긋 보니 해주의 부어오른 입술이 움찔거렸다. 땀이 나는지 콧등에 걸린 미러 선글라스를 손등으로 연신 밀어 올렸다.

"그만, 하시죠."

의도와 달리 한 톤 올라간 목소리는 뭉툭하게 끊어졌다. 끊지 말고 '그만'까지만 할 걸 그랬나. 도대체 뭘 그만하라는 건지, 주어도 목적어도 없이. 차라리 '선배가 이런 식으로 나오면 안 되죠'라고 지를 걸 그랬나. 아니면 그냥 무시하든지.

처음은 아니었다. 해주는 기억하지 못하겠지만 전에도 단둘이 한 공간에 있게 된 적이 있었다. 대학원에 입학하기 전, 장 교수의 연구실에 갔다가 나오는 길이었다. 엘리베이터를 타고 1층으로 내려갔을 때 대학원생으로 보이는 남녀가 기다리고 있었다. 소라는 내렸고 남녀는 엘리베이터를 탔다. 뒤늦게 장 교수의 방에 휴대폰을 두고 나온 걸 깨닫고 다시 돌아갔다. 7층까지 올라갔다 내려온 엘리베이터에 조금 전의 그 남녀가 타고 있었다.

희한한 우연이네. 휴대폰을 찾은 뒤 다시 7층에서 기다리는데 또다시 그 남녀가 엘리베이터를 타고 올라왔다. 이제는 세 사람 다 이상한 우연이네, 하는 표정으로 서로를 힐금거렸다. 이번엔 남성만 내렸다. 남성이 내릴 때 그들이 손을 잡고 있었다는 걸 알았다. 소라는 여성과 단둘이 아래로 내려갔다.

소라는 건축 전문 출판사에서 여러 권의 건축 서적을 편집한 경력을 인정받아 건축 대학원에 들어갈 수 있었다. 장 교수는 소라가 일하는 출판사에서 책을 낸 저자였고, 장 교수가 집필한 책 중 두 권은 소라가 편집을 맡기도 했다. 장 교수가 가르치는 건축학과 학생들은 모교의 대학원에 진학하는 경우가 드물었다. 대부분 취업했고 공부를 계속하고 싶으면 유학을 떠났다. 우진과 해주는 대학원에서 보기 드문 모교 출신이었다. 소라는 타 학교, 타 전공 출신이었다. 소라가 대학원에 들어갔을 때 우진과 해주는 장 교수의 연구실에 상주하는 학생이었다. 소라처럼 일주일에 세 번 강의만 들으러 오는 학생이 아니었다. 입학 후에 알았다. 엘리베이터에서 만난 남녀는 우진과 해주였다. 그때 그들을 눈여겨보진 않았지만 그들의 애틋함을 기억한다. 두 손에 끼워진 커플링과 떨어지기 아쉬운 손가락의 움직임을.

우진이 소독약이 든 반투명 비닐봉지를 들고 병원으로 들어왔다. 소라는 무릎에 올려둔 그의 가방과 카메라를 내주며 말했다. 여기엔 내가 있을 테니 이제 그만 교토역으로 가라고. 마을 재생과 공간 계획을 연구하는 그에게 일본의 대표 건축가인 하라 히로시가 설계한 교토역은 중요한 건축물이었다. 장 교수가 교토역을 벗어나기 전에 가봐야 했다. 이번 답사에 총무를 맡은 그는 장 교수 곁에서 수행할 것들이 많았다. 그가 병원을 나설 때 해주의 눈동자는 미러 선글라스에 가려 보이지 않았다. 마주 본 소라의 얼굴만 비칠 뿐이었다.

*

해주의 몸 상태는 답사뿐 아니라 심포지엄 참석도 어려워 보였다. 그래도 해주는 상처 난 얼굴을 마스크와 선글라스로 가리고 다리를 절룩이며 심포지엄과 답사를 쫓아다녔다. 끊임없이 우진의 주위를 맴돌며 관심을 끌려 했고 일행들의 발걸음을 지체시켰다. 장 교수는 해주가 왜 그러는지 뻔히 아는 눈치였고 학생들은 뒤에서 수군거렸다. 우진은 짜증 섞인 표정을 짓다가도 한순간 해주를 안쓰럽게 바라보곤 했다.

소라는 심포지엄이 끝나면 우진과 헤어질 생각이었다. 그럴 마음으로 교토에 왔다. 한동안 다시 안 올 곳에서 끝내고 싶었다. 그런데 해주가 합류하면서 달라졌다. 고백하자면 소라는 우진과 해주가 학과 내 장수 커플이라는 풍문을 듣고, 더 정확히 말하자면 엘리베이터에서 만난 남녀가 풍문의 당사자인 걸 안 순간, 떨어지기 아쉬워하는 그들의 손을 떠올렸다. 찰나였지만 손이라도 잡아 그들의 손동작을 멈추게 하고 싶었던 자신의 마음을 기억해냈다. 제 것 같지 않아 서먹했던, 그 맹렬한 적의를.

우진과는 잠깐 사귀다 말 거라 생각했다. 함께 엄마가 있는 뉴욕에까지 가게 될 줄은 몰랐다. 해주가 결별을 후회할 만큼 우진이 괜찮은 사람이던가, 정말 그 정도인가? 해주가 안달할수록 소라는 점점 우진을 피하게 되었다. 그와 단둘이 있게 되면 헤어지자는 말을 뒤로 미루기 어려울 것 같았다. 아직은, 적어도 교토에서만큼은 시간을 벌고 싶었다.

심포지엄 내내 우진과 동선이 겹치지 않도록 거리와 속도를 조절하고 있었는데 그날은 동선이 꼬였다. 심포지엄의 마지막 발표가 끝나고 토론회가 시작될 즈음, 소라는 만찬회를 준비하려고 1층에 있는 홀로 내려갔다. 출판사 디자이너에게 부탁해 만들어 온 플래카드와 명패만 배치하고 나왔으면 좋았을 것을. 커튼을 치러 창가 쪽으로 가는 바람에 창밖에서 담배를 피우고 있는 우진과 해주를 보았다. 한순간, 망설이고 흔들렸다. 못 본 척 돌아섰으면 더 좋았을 텐데. 소리 나지 않게 창문을 열고 커튼 뒤에 몸을 숨겼다.

"내 말은, 우리가 지금 싸우는 게 아니잖아. 너 말처럼 오해주, 너답지 않다고."

"신경 꺼! 내가 뭘 하든."

"그럼 신경을 끄게 해줘야지. 답사는 빠져도 되잖아. 학부 때 와본 데를 굳이 왜? 솔직히 너, 나 때문에 이러는 거 아니잖아. 너 스스로 납득이 안 돼서 이러는 거지. 네가 유학 가자고 할 땐 못 간다고 했다가 소라랑 간다고 하니까, 한마디로 삐친 거잖아."

"그러길래 그때 갔어야지."

"전에도 말했지만 그때랑 지금은 상황이 많이 달라졌어. 주거 문제가 해결됐고, 오라는 학교도 생겼고. 그건 너도 이해했잖아."

"이해는 해."

"그리고 유치하게 왜 자꾸 소라랑 같은 거 주문해? 너 새우 안 먹잖아."

"뭘 먹으면 그렇게 잘 홀릴까 싶어. 너도, 장연수 교수님도."

"……."

"기분 나빠? 나쁜가보네."

"그만하자."

"어머니는 뭐라셔?"

"그만하자고, 됐다고."

"너 정말, 소라 엄마가 뉴욕에 산다는 말 믿어?"

소라는 두 사람의 목소리가 마치 이어폰을 낀 것처럼 가깝고 또렷하게 들려 한순간 환청일지도 모른다는 생각이 들었다. 통명스럽긴 해도 그들의 대화엔 친밀감과 서운함, 상대에 대한 염려가 깔려 있었다. 오랜 시간 함께한 사람들만이 나눌 수 있는 힘센 것들. 입에 붙은 '우리'라는 복수형과 '어머니'라는 호칭. 군데군데 구멍이 숭숭 뚫렸어도 알아채는 끈끈한 것들. 소라는 그들에게 화가 나거나 서운한 마음이 들지 않았다. 오히려 들끓던 마음이 차분히 가라앉았다. 그만 들어야지 하면서도 계속 엿들었던 건 우진과 헤어질 빌미, 그를 납득시킬 수 있는 명분, 헤어질 수밖에 없는 결정적인 단서를 찾기 위해서였는지도 모른다.

커튼 뒤에서 잠시, 소라는 해방촌에 있던 엄마의 부티크를 떠올렸다. 엄마가 지었으나 팔지 않고 커튼 뒤에 숨겨두었던 수많은 옷. 엄마의 모든 것. 소라는 훗날 그 옷들이 다 제 차지가 될 거라 여겼지만 그런 날은 영영 오지 않았다. 불이 난 부티크에서 제일 먼저 타들어간 건 커튼이었다.

*

"어때?"

료안지의 기념품 가게에서 우진이 물었다. 파랑과 노랑, 위아래 유리의 컬러가 다른 모래시계였다. 같은 디자인으로 두 가지가 있었다. 우진이 5분짜리와 3분짜리 모래시계를 소라에게 내밀었다.

"우리 5분짜리 살까? 5분짜리는 흔하지 않대. 왜 그런지 모르겠는데 이상하게 다 3분짜리를 산다고 하네."

우진은 5분짜리 모래시계를 샀다. 소라는 장 교수에게 선물할 다기 세트를 샀다. 우진이 선물이라며 쇼핑백에 모래시계를 집어넣었다. 소라는 내색하지 않았다. 그가 먼저 꺼내지 않는 한 어떤 말도 하지 않을 작정이었다. 오히려 그가 입 다물어주기를 간절히 바랐다.

둘은 일행들의 쇼핑이 끝날 때까지 가게 앞 벤치에서 기다렸다. 모래시계를 뒤집으며 안을 들여다보았다. 미세한 모래가 좁은 통로로 흘러 들어가 파랑에서 노랑으로, 노랑에서 파랑으로 빠르게 떨어져 내렸다.

"어떤 위대한 건축가도 뛰어넘을 수 없는 벽이 있어. 모든 욕망을 다 버려도 어쩔 수 없는 것, 바로 중력. 결국 건축가의 욕망은 중력 안에서만 구현될 뿐이야."

우진은 예전부터 느꼈지만 볼수록 감탄스럽다고 말했다.

"좌우 대칭이면서 상하 대칭이야. 그 안의 공간, 그리고 통로까지."

우진은 모래시계를 이리저리 돌려 보았다. 소라는 그의 카메라를 켜고 저장된 사진을 한 장씩 넘겨 보았다. 같은 건축물을 각자 어떻게 다르게 찍었는지 확인하는 건 답사가 끝나면 으레

하는 일이었다. 그는 건축물 외에 다른 사진은 거의 찍지 않는데 근접촬영한 사진이 두 장이나 있었다. 타임즈는 교토에 온 건축학과 학생이라면 한 번은 꼭 가보는 답사지였다. 안도 다다오가 설계한 수변 공간, 그 공간에 흐르는 강물을 프레임 가득 채웠다. 다른 하나는 료안지의 정원에 깔린 모래였다. 모래의 결, 갈퀴질한 흰색 모래를 근접촬영했다. 그리고 해주의 모습이 찍힌 사진도 여러 장 보였다. 아무리 점처럼 작고 흐릿해도 해주라는 걸 보자마자 알 수 있었다.

사진은 수평으로 넘어가고 모래는 수직으로 내려갔다. 소라는 모래가 든 유리의 잘록한 부분, 모래의 통로를 유심히 들여다보았다. 3분과 5분의 시차는 모래의 양이 아니라 통로의 너비에 따라 달라지는 속도가 아닐까. 모래가 아래로 떨어지려면 먼저 통로 쪽으로 흘러가야 하는데 모래는 서로 붙지 않는 입자이기에 가능했다.

"모래는 점도가 없네."

혼잣말이었는데 우진이 점도가 아니라 밀도겠지, 하고 중얼거렸다. 소라는 점도가 맞다고 대꾸했다. 설마 하는 눈으로 소라를 보던 그가 "그렇다면 서로 이해하는 방식이 다른 것 같은데" 하고 말을 이었다.

"모래는 알갱이끼리 붙으면 공극空隙이 많으니까 흘러내리는 거야. 공극이 적으면 적을수록 안 흘러내려. 이게 밀도가 높으면 높을수록 안 흘러내리는데 모래는 밀도가 낮은 애야."

우진이 자신의 두 주먹을 소라 앞에 내밀었다.

"이게 바위라고 치면, 바위와 바위가 만나면 그 사이에 공간이 많이 생기지? 바위도 밀도가 되게 낮은 애야. 자갈도 그렇고. 얘네들은 다 버틸 수가 없어. 그런데 만약 이게 진흙이라고 치면, 얘들은 잘 붙어. 왜냐하면 밀도가 높으니까."

"진흙은 점도도 높지 않나?"

소라가 따지듯 물었다. 우진은 그게 아니라, 하는 표정을 지으며 목소리를 높였다.

"점도와 상관없이 기본적으로 밀도의 문제고, 밀도를 채워주는 건, 예를 들어 집 지을 때 모래와 자갈 사이를 메워주는 게 시멘트야. 밀도를 높여주는 거지. 물론 시멘트 같은 애들은 점성도 있어. 하지만 더 중요한 건 밀도야. 밀도가 없으면 점성이 아무리 높아도 안 붙어. 붙어 있고 싶어도 이렇게, 이렇게 떨어진다고."

우진이 모래시계를 들고 마구 흔들었다. 그리고 다시 말을 이었다.

"모래로 유리도 만들어. 모래 안에 규사가 있는데."

우진이 더 자세히 설명하려는 듯 자세를 잡으며 소라 쪽으로 몸을 기울였다. 소라는 상체를 뒤로 빼며 모래시계를 가리켰다.

"그거나 바꿔다 줘요. 3분짜리로."

"왜?"

"난 흔한 게 좋아요. 대부분, 남들이 가지고 있는 거."

우진의 얼굴에 실망감이 번졌다. 특별한 것, 독특한 것, 희귀한 것을 선호하는 그의 취향과 정반대되는 이유였다. 안다. 알지만 어쩔 수 없다. 지금은 통로가 넓고 속도가 빠른 게 좋다고, 더 빨리 떨어져 다시 시작하고 싶다고, 그렇게 여과 없이 제 생각을 그에게 말하고 싶지 않았다.

해주는 멀찍이 떨어진 벤치에 앉아 있었다. 스마트폰만 들여다보고 있었다. 우진이 기념품 가게에 들어간 사이 소라는 해주가 있는 쪽으로 걸어갔다. 해주는 소라가 가까이 다가갔는데도 고개를 들지 않았다. 소라는 해주의 얼굴을 확인하고 싶었다. 미러 선글라스 너머 상처 난 얼굴, 부은 얼굴, 멍든 얼굴을.

"할 말 있으면 빨리 하고, 없으면 가라."

해주는 스마트폰에 시선을 둔 채 소라를 쳐다보지도 않았다.

"왜 날 못 봐요?"

소라가 물었다.

"뭐래? 촌스……."

말이 채 끝나기 전 소라는 손을 뻗어 미러 선글라스의 다리를 잡았다. 놀란 해주가 얼굴을 피하며 소라의 손을 쳤고 선글라스가 바닥에 나동그라졌다. 금이 간 미러에 해주의 얼굴이 비쳤다. 순식간에 일어난 일이었다. 해주는 소라에게 덤벼들듯 몸을 일으키더니 어이없다는 듯 하, 하고 웃음을 터뜨렸다. 해주가 자존심을 세우는 방식은 웃는 거였다. 한 대 얻어맞을 걸 각오했는데 웃고 끝낼 셈이었다.

선배도 화가 나면 웃는 사람이구나. 나도 그런데. 하지만 지금은 선배가 나보다 더 화가 많이 나나봐. 나는 왜 화가 안 날까. 선배, 화가 나면 화를 내. 웃지 말고.

어느 틈에 기우뚱, 소라는 해주 쪽으로 자신의 몸이 한 뼘쯤 기울어지는 걸 느꼈다. 나중에 만약 우진이 왜 자기 쪽이 아니라 해주 쪽이었느냐고 물으면 소라는 이렇게 대답할 수밖에 없다. 모르겠어요. 나도 납득이 안 돼요.

*

대학원에 진학하고 싶다고 했을 때 장 교수가 물었다. 왜 건축학과에 들어오려고 하는지, 건축학과에 들어와서 뭘 공부하고 싶은지. 그때 소라는 외할머니 애기를 꺼냈다.

"간혹 어떤 일에는 전조가 있지만 대다수의 일은 아무 조짐 없이 일단 벌어지고야 만다. 나중에 그거였나, 하고 기미를 찾아봐야 이미 지난 일이다."

소라가 집 근처 횡단보도에서 교통사고를 당했을 때 할머니

가 한 말이었다. 오래전 엄마가 도망치듯 혼자 한국을 떠났을 때
도 비슷한 말을 했었다. 소라는 사고 후 대학을 휴학하고 한동안
병원에서 지냈다. 할머니가 곁을 지켰다. 장기 입원 환자로 창가
자리를 차지하게 되자 할머니가 말했다.

"봐라, 여기는 빛도 예쁘고 그림자는 더 예쁘다."

오후 서너 시가 되면 할머니는 꾸벅꾸벅 졸았다. 앉은 채로 고
개를 숙이고 팔짱 낀 자세로 코까지 골았다. 하지만 소라가 순영
씨, 하고 부르면 퍼뜩 깨어나곤 했다. 소라는 심심하다고, 재미
난 얘기를 해달라고 졸랐다. 언제나 시작은 할머니가 일터에서
만난 사람들 이야기였다.

"요즘은 공사판에 외국 애들이 와. 키 크고 잘생긴 애들이 한
국말도 제법 해. 시멘트 묻은 작업복을 입었는데도 모델 같아.
며칠 전에는 네 명이 한 조로 바닥 공사하러 왔길래 위층에서 지
켜봤지. 일은 또 얼마나 잘하나 하고. 근데 뛰어다니면서 일하는
애들 표정이 되게 진지해. 한 명이 밖에 나갔다 들어오면 안에
있는 사람과 손바닥을 마주쳐. 그리고 무슨 말인가를 해. 처음엔
뭔 말인지 몰랐는데 천천히 따라 해보니까……."

"뭔데?"

"바통 터치!"

소라와 할머니는 소리 내어 웃었다.

"얼마 전엔 현장에 대학생들이 견학을 왔어. 건축가 선생이 꽤

유명한 사람인가봐. 우리 같은 사람은 뒤로 물러나 있었지. 현장 소장도 저만큼 뒤에서 손을 모으고 서 있는데. 거푸집을 떼는 날이었는데 건축가 선생이 이렇게 말해. 자기는 거푸집을 떼기 전이 가장 흥분된대. 그걸 보기 위해 건축을 하는지도 모르겠대. 자기가 설계한 대로 완벽한 면이 나오면 마치 그게 뭐냐, 뭘 터뜨리는 기분이래. 학생들한테 그 순간을 보여주고 싶었다나. 봐라, 건축가는 이런 사람이다."

소라는 할머니가 놓친 '그게 뭐냐'를 생각하다가 "그래서 할머닌 그때 뭘 했는데?" 하고 물었다. 할머니는 "나야 뭐, 거푸집 뗀 데를 정리하고 있었지"라고 말했다. 소라는 거푸집이 뭐냐고 물었다. 할머니는 일종의 형틀, 집을 짓기 위해 필요한 틀이라고 말했다. 할머니는 토목 회사에 다니는 할아버지와 함께 엄마의 부티크가 있던 해방촌 집을 직접 지었다. 남들은 할아버지 혼자 지은 줄 알지만 사실은 당신이 다 했다고 할머니는 주장했다. 거푸집 작업에 대해 한창 얘기하다 말고 할머니가 깊은 한숨을 내쉬었다.

"배운 건 많은데, 몸이 고생이다."

소라는 할머니의 얼굴을 물끄러미 바라보았다. 입을 떼려는 할머니의 입가가 실룩거렸다. 파르르 속눈썹이 떨렸다.

장 교수가 말해주었다. 할머니가 말한 '그게 뭐냐'는 잭팟이었을 거라고. 마치 잭팟을 터뜨리는 기분, 그런 식으로 곧잘 과장

해서 말한다고.

*

장 교수의 방은 복도 안쪽 끝에 있었다. 교토에 다녀온 후 첫 방문이었다. 문에 붙은 표지판의 화살표가 '재실' 칸에 놓여 있는 걸 확인하고도 소라는 망설였다. 복도를 서성이다 문을 열자 장 교수가 모니터 뒤에서 얼굴을 내밀었다.

"우진이는?"

장 교수가 소라의 표정을 살폈다. 소라는 말없이 자리에 앉았다.

"마침 국화차를 마시려는 참인데."

장 교수가 손님용 탁자에 다기 세트를 올려놓았다. 료안지에서 산 그 다기였다. 우진이 바꿔온 3분짜리 모래시계는 국화차 통 옆에 있었다. 다관에 국화를 덜어 넣고 뜨거운 물을 붓는 장 교수의 손길은 눈에 띄게 조심스러웠다.

"논문은?"

"전에 말씀드린 것처럼 주제를 바꾸려고요."

소라는 연구 계획서를 내밀었다. 단숨에 읽은 장 교수가 빙그레 웃었다.

"소라 씨가 이런 주제에 관심이 있는 줄은 몰랐네. 빛과 중력은 건축의 물성을 다루는 중요한 요소예요."

장 교수는 분명 요소라고 말했다. 어떤 한계나 제약, 뛰어넘을 수 없는 벽이 아니라.

"혹시 집을 지어본 적 있나?"

소라는 고개를 저었다.

"건축 공간에 미치는 빛과 중력의 영향, 이건 설계를 해본 사람이 쓰면 좋은데."

장 교수는 교수이자 건축가였다. 일본의 건축사 사무소에서 일할 때 지금의 남편을 만났고, 큰딸이 초등학교에 들어가기 전 다 같이 한국으로 돌아왔다. 소라는 장 교수가 설계한 건축물을 작고 단단한 주사위 같다고 생각했다. 그의 건축 철학은 예술과 실용의 상호 보완이었다. 어떤 이유로도 사유의 뿌리를 경제적 가치에 두지 않았다.

"어쨌든 둘 중 하나만 하는 게 어때요? 중력이든 빛이든 하나만 선택해서."

"저는 둘 다……."

소라는 말끝을 흐렸다. 장 교수가 손끝으로 탁자를 치더니 연구 계획서를 다시 읽기 시작했다. 찻잔 속의 국화가 하나둘 밑으로 가라앉았다. 잔에 담긴 물이 노랗게 물들었다.

"이것도 좋긴 한데, 전에 그 주제도 좋았어요. 출판사의 공간

구조를 연구하는 건 소라 씨가 접근성도 좋고, 현장에서 얻는 정보와 남다른 경험이 있을 텐데. 논문은 자기가 가장 잘 아는 주제를 잡는 게 좋아. 그래야 쓰다가 막혀도……."

장 교수가 말을 끊고 소라를 건너다보았다. 소라는 그 뒤에 이어질 문장이 무엇인지 짐작할 수 있었다. 어쩌면 그래서 다르게 가고 싶었는지도 모른다. 가장 잘 아는 것, 하다가 막히면 비빌 언덕이 있는 것 말고 자신이 아직 모르는 것, 모르지만 가장 알고 싶은 주제를 짐작하지 않고 부딪치면서 쓰고 싶었다.

맛과 향을 음미할 새도 없이 소라는 장 교수가 따라주는 국화차를 번번이 단숨에 비워냈다. 소라가 미처 내뱉지 못하고 물어보지 못한, 껄끄러운 말들을 읽어내고 있는 장 교수의 얼굴은 고요했다. 빼곡히 들어찬 책들에서 풍겨 나오는 종이 냄새와 국화향이 긴 침묵을 메워주었다. 교토의 료안지에서처럼 장 교수는 침묵하는 소라를 조용히 기다려주었다.

교토에서 한밤중에 우진의 방문을 두드리며 초인종을 누르고 있을 때 옆방 문이 열렸다. 장 교수가 고개를 내밀고 무슨 일이냐는 듯 쳐다보았다. 깜짝 놀란 소라는 더듬더듬 우진이 전화를 받지 않는다고, 자고 있는 것 같다고 중얼거렸다. 하지만 장 교수는 이미 소라의 표정과 행동을 읽고 어떤 상황인지 눈치챈 것 같았다.

"별일 없을 거고, 곧 들어올 테니 걱정 말아요."

소라는 그렇게 말할 수밖에 없는 장 교수를 이해했다. 장 교수에게 차우진과 오해주는 대학 1학년 때부터 가르친 제자였다. 소라와는 달랐다. 굴러들어온 돌이 박힌 돌인 둘 사이를 갈라놓았다고 생각할 수도 있었다. 머리로는 이해가 가는데 그럼에도 서운해서 눈물이 고였다. 소라는 싫어하는 사람 때문에 화가 나면 웃을 수 있지만, 좋아하는 사람 때문에 화가 나면 눈물부터 났다. 눈물이 뺨을 타고 내려와 목을 적셨다. 장 교수는 재차 말했다.

"그런 애들 아니니까, 내가 알아. 소라 씨, 나를 믿어요."

소라는 '그런' 다음에 생략된 '형편없는'이라는 단어가 자기를 가리키는 것만 같았다. 우진과 해주는 형편 있는 애들이고 소라는 형편이 없을 수도 있는, 형편을 장담할 수 없는 제자라고 생각하는 것 같았다. 새삼스레 '씨'라는 호칭도 가슴에 박혔다. 해주가 와서 방문을 두드렸어도 이런 말을 했을까 싶은 서운함까지 차올랐다. 내가 우는 까닭이 차우진 때문일 거라고 여기는 장 교수에게 무슨 말을 할 수 있을까. 얼마나 좋아하면, 얼마나 화가 나면 이렇게 복받쳐 오를까. 눈물이 그치질 않았다.

교토에서의 마지막 날, 료안지 정원에 갔을 때 소라는 구석진 자리에 혼자 앉아 있었다. 그곳 정원을 보려면 신발을 벗고 슬리퍼로 갈아 신어야 했다. 앞이 막힌 슬리퍼를 신고 긴 마루를 지나자 왼편에 가레산스이식의 정원이 나타났다. 잘 비질된 흰 모래 위에 크기가 다른 돌이 군데군데 놓여 있었다. 한 무리의 사람이 툇마루에 걸터앉아 정원을 바라보았다. 물도 꽃도 나무도 없는, 모래와 이끼와 돌뿐인 정원에서 장 교수는 어깨에 멘 배낭도 풀지 않고 소라 옆에 앉았다. 아무것도 묻지 않고 아무 말도 하지 않고 그저 같은 곳을 바라봐주었다.

낮은 담장이 가로로 긴 직사각형의 정원을 둘러싸고 있었다. 담장 너머 가지런한 나무들 사이로 들어온 빛이 모래에 닿는 순간 모래가 흐르고 반짝임이 공간을 메웠다.

"저 돌, 작지만 바위 같은 저 돌들이 봉분처럼 보여요."

"그렇게 보일 수도 있지만, 인공으로 자연의 질서를 묘사한 상징이지."

"저 아래 깔린 흰 모래는?"

"바다, 흐르는 시간……."

몇백 년의 시간이 흐르는 동안 매일 똑같은 형태를 유지하고 있는 질서와 아름다움이었다. 절제된 구도, 절대적 균형과 영원이었지만 지붕과 벽이 없는 공간, 사방으로 뚫려 있으나 출입구가 없는 사각의 마당이었다. 이른 아침 스님이 흰 모래에 비질을 끝내면 아무도 모래 정원 안으로 들어갈 수 없었다. 들여다보기만 할 뿐. 가만히 들여다볼수록 고요하고 정교해서 소라는 정원 안으로 들어가 모래를 흐트러뜨리고 싶은 충동을 느꼈다. 슬리퍼를 벗고 뒤뚱거리며 걸어 다니는 해주의 삐끗한 발이 정원의 흰 모래를 콕, 찍어버리기 전에 소라가 먼저 뚜벅뚜벅 모래를 밟고 정원 밖으로 나가고 싶었다.

"도움이 될 거예요."

장 교수가 책장에서 책을 몇 권 빼주었다. 소라는 그 책들을 받아 안고 자리에서 일어섰다. 장 교수가 계단 앞까지 소라를 배웅했다. 계단참에서 문득 뒤를 돌아보았다. 장 교수가 아직 그 자리에 서 있었다. 어서 가라고, 앞을 잘 보고 내려가라며 소라에게 손을 흔들었다.

*

소라는 집을 지어보진 않았지만 살던 집을 리모델링한 적은 있었다. 엄마는 부티크가 불탄 후 해방촌에 있던 이층집을 리모델링했다. 공사가 끝나면 비싼 값에 팔고 그 돈으로 뉴욕에 갈 생각이었다. 장 교수를 따라 후암동 일대의 적산가옥과 해방촌을 답사한 적이 있었다. 답사 코스가 아니었는데 우진이 건물 구조가 특이하다며 한 곳을 가리켰다.

"적산가옥은 아닌 것 같은데 마당이 뒤에 있어요."

이탈리아 음식점에서 빵집으로 지금은 디저트 카페로 바뀐, 소라가 살았던 그 이층집이었다. 우진이 사진을 찍으러 카페 안으로 들어가자 장 교수가 학생들에게 이참에 잠깐 쉬어 가자고 말했다. 당황한 소라는 장 교수와 학생들이 건물 안으로 우르르 몰려 들어가자 저도 모르게 팔을 내저었다.

내부에 들어서자 그새 주인이 바뀌었는지 카페의 인테리어가 레트로 스타일로 바뀌어 있었다. 벽과 천장을 뜯어 오래된 벽돌을 노출시켰고, 깨진 벽돌에 시멘트를 투박하게 덧칠해놓았다. 심하게 부서진 벽돌은 유리로 막아놓아 마치 박물관에 전시된 유물처럼 보였다. 2층으로 올라가는 계단 아래에 있던 화장실은 그 자리를 지켰지만, 안으로 들어가보니 붙이다 만 것처럼 벽타일이 아래쪽에만 듬성듬성 붙어 있었다. 옷감을 보관하던 창고엔 좌식 테이블과 방석이, 장독대와 빨랫줄이 있던 옥상에는 파라솔과 의자가 놓여 있었다. 낯선 것들 속에서 낯익은 것을, 낯익은 것들 속에서 낯선 것을 찾는 동안 소라는 혼란스러웠다. 창문을 보는 위치와 동선이 또 달라져 있었다. 소라는 그런 얘기를 하고 싶기도 했다. 이 집을 누가 지었고 어떻게 지속 가능한 공간이 되었는지, 장 교수와 학생들에게 얘기해주고 싶은 마음이 낮게 일렁였다.

옥상 난간에서 남산과 후암동 일대를 촬영하던 우진이 고개를 갸웃거리며 소라를 보았다.

"왜 그래? 얼굴이 창백해."

소라가 멍하게 바라보자 인물 사진은 안 찍는다고 공언한 우진이 갑자기 셔터를 눌렀다. 눈 감은 얼굴 뒤로 해방촌의 풍경이 찍혔다. 언덕 위 옹기종기 모여 있는 낡은 집들과 서울타워. 소라는 그 사진이 마음에 들었다.

답사에서 돌아오는 길에 우진이 소라에게 다가와 물었다.

"적산가옥에서 '적산'은 적의 재산인데, 적은 당연히 일본이고 그럼 누구의 적일까?"

소라는 뜬금없다고 생각했다.

"알고 묻는 거죠? 그럼 우리나라는 아닐 테고, 미국?"

답이 맞았는지 우진이 머쓱하게 웃었다. 소라는 너무 빨리 대답한 걸 후회했고, 서로가 머쓱해지지 않기 위해 화제를 돌렸다.

"전에요, 어렸을 때, 아는 사람이 그 집에 살았었어요. 해방촌 디저트 카페."

우진에게 해방촌 집 얘기를 꺼낸 건 그때가 처음이었다. 가족이 아닌 사람에게 그 시절 얘기를 들려준 것도 처음이었다.

"주방 옆에 문이 있었어요. 뒤뜰로 나가는 큰문 말고 쪽문. 전에는 사용하지 않더니 아까 보니까 열리더라고요."

소라는 디저트 카페의 뒤뜰에서 점원이 쪽문을 열고 크게 숨을 내쉬는 모습을 보았다. 먼 곳을 바라보며 무언가를 속으로 지그시 누르거나 졸음을 쫓고 있다고 생각했다. 이탈리아 음식점과 빵집일 때는 오븐 같은 조리 기구가 쪽문을 가로막고 있었다. 우진은 시간에 따라, 사용자에 따라 공간은 변하는 거라고, 그래서 건물을 살아 숨 쉬는 생물로 비유하지 않느냐며 웃었다. 지금은 흔적만 남았지만 쪽문 앞에는 쪽마루가 있었다. 소라가 그 집에 살 때 엄마는 뒤뜰에 라일락을 심었다. 쪽마루에 누워 잠이 들면 엄마보다 먼저 라일락꽃 향기가 소라를 깨우곤 했다. 소라는 쓸모없던 것이 쓸모 있게 되어 기뻤다. 우진이 불쑥 그 집에 들어가는 바람에 어떻게 쓰이는지 직접 볼 수 있었다. 그래서였을까. 아는 사람의 집처럼 말하다가 불이 나서 리모델링한 얘기까지 하게 되었다. 우진은 소라가 말한 아는 사람이 소라 본인이라는 걸 눈치챘지만 내색하지 않았다.

"그 집은 짓다 만 집이었어요. 철근 콘크리트로 골조 공사만 하고 일꾼들이 모두 떠난, 단열재도 창호도 달지 않은, 그야말로 마감이 덜 된 집. 비가 오면 비가 들이치고 바람이 불면 바람이 들어왔죠. 낮에는 햇살이, 밤에는 어둠이 지키는 집. 무작정 견딜 수밖에 없었어요."

우진은 누가, 무엇을 견뎠느냐고 물었다. 소라는 "다, 모두 다"라고만 대답했다. 소라는 아직도 그때 왜 우진이 그렇게 깊은 눈으로 자신을 들여다봤는지 알 수 없었다. 한순간 어떤 이유로, 알 수 없는 통로를 따라 그의 감정이 움직이고 있다는 걸 느꼈다. 그는 한걸음에 소라의 짓다 만 집 안으로 들어왔다. 소라는 당혹스러웠지만 떨리기도 했다. 그 집에 사람이 들어온 이상 허물 수는 없었다. 빈집으로 오래 방치되었다 헐값에 팔린 집, 완공되지 않은 집, 말로 지은 집이라 할지라도 사람이 살고 있는 한.

　이따금 우진이 소라의 집으로 찾아왔다. 소라가 독감에 걸렸을 때 우진은 저녁에 와서 아침에 돌아갔다. 새벽녘에 침대 밑에서 자고 있는 우진을 흔들어 깨웠다. "왜 거기서 자요?" "자다가 밀길래 불편한 거 같아서." 저녁엔 자고 있는 소라를 우진이 깨우기도 했다. "약 언제 먹었어? 시간 맞춰 먹어야지." 우진이 차려주는 밥을 먹고 따뜻하게 데운 보리차로 알약을 삼키며 생각했다. 이 사람과 함께라면 혼자 앓다 죽진 않겠구나. 그의 이런 점 때문에 해주는 다시 돌아오고, 같은 이유로 또 떠나기도 하겠구나. 생각은 더 이어졌다. 그의 사려 깊은 다정함은 사람을 끌어당기기도, 밀어내기도 할 거라는. 그게 얼마나 부드러운지, 얼마나 질리는지 해주는 이미 알고 있구나 하는. 그를 보내고 다시 침대에 누우려는데 몸을 훑고 지나가는 바람 같은 걸 느꼈다. 따뜻한 체온이 떨어져 나가는, 누군가의 품에 안겨 있다 떨어질 때 느끼는 홀가분함 같은 것. 소라는 우진의 다정함에 익숙해지고 싶지 않았다.

　외할머니는 우진을 잘 자란 청년이라고 평했다. 외할머니가 곁에 있었다면 소라는 아마 우진과 더 잘 자라는 모습을 보여주려고 마음을 돌렸을 것이다.

　"해방촌 집이 계획대로 비싼 값에 팔렸다면, 난 널 두고 떠나지 않았을 거야."

외할머니 장례식에 왔던 엄마는 분명 그렇게 말했다. 엄마답지 않게 세련되지 못한 변명이었다. 누추하고 남루하여 웃음이 터졌다. 동시에 뉴욕에 갈 마음이 사라졌다. 한껏 부풀어 올랐던 열망이 폭삭 사그라들었다. 하지만 그 때문에 우진과 헤어지려는 건 아니다. 주거 문제를 해결하려고, 단지 그 이유만으로 우진이 함께 뉴욕에 가자고 한 게 아니라는 걸 안다. 이건 다른 문제인데, 어쩌면 장 교수 때문인지도 모르겠다. 장 교수는 학기가 시작될 때마다 똑같은 질문을 던지곤 했다.

"어떤 집에서 살고 싶나요?"

학생들의 대답은 다 제각각이었다. 한 사람도 같은 대답이 없었다. 학기가 바뀌면 학생들의 대답은 달라지기도 했는데 소라는 늘 한 가지였다. 낮잠 자기 좋은 집. 한번은 매번 같은 답을 하는 소라를 장 교수가 빤히 쳐다보았다.

"박소라 씨, 답이 언제나 한 가지인 건 재미없는데요. 한집에서 평생 살 거라면 모를까. 그러려면 처음부터 설계를 잘해야 해. 그래야 고쳐가면서 살지."

다행히 장 교수는 그 집이 구체적으로 어떤 집인지 되묻지 않았다. 사실 그 집은 설계를 잘하면 좋지만 못해도 그만인 집이었다. 바닥에 누워 책을 읽다 나른하게 졸음이 밀려오면 낮잠을 자고 싶었다. 책을 읽다 낮잠을 잘 수 있는 삶이라면 그 집이 어떻게 설계된 집이든 소라는 좋았다. 언제부터였을까. 엄마의 뉴욕

집 사진을 보고 난 다음이었을까. 열어놓은 창문, 비스듬히 비치는 햇살, 읽다 만 책, 침대 위에 드리워진 그림자. 그 공간 속에 우진이 들어왔다. 문득 고개를 돌리면 우진이 보였다. 함께 살 수도 있겠다고 생각했다. 같이 뉴욕에 가자는 프러포즈에 흔쾌히 동의할 수 있었던 이유였다. 안타깝지만, 지금도 여전히 우진은 그 공간 속에 있었다. 그에게 말해주고 싶다. 이제 그만 나오라고. 나는 거기에 없다고. 그리고 해주에게 "우리 엄마는 뉴욕에서 해마다 패션쇼를 열어요. 기어이 꿈을 이뤘어요. 대단하죠, 믿기지 않죠? 괜찮아요. 나도 그랬는걸요. 그러니까 이해는 해요. 근데 우리 엄마, 왜 행복해 보이지 않을까요? 언제든 뉴욕에 오라고 말은 하지만, 정말 가도 되는지는, 잘 모르겠어요"라고 상냥하게 말해주고 싶다.

대학원 건물에서 교문까지 가는 길은 내리막길이었다. 바람은 뒤에서 불고 햇살은 앞으로 쏟아졌다.

그날 교토의 병원에서 해주가 물었었다. "넌 없었어? 넌 한 번도 잘못된 선택, 한 적 없었어?" 그때 소라는 대답하지 않았다. 하지만 이제 늦었지만 그 물음에 답을 해야겠다.

"있었죠, 나라고 왜."

에바, 에바 캐시디

충무로 인쇄 골목에서 소영은 대학 동기인 건우를 만났다. 미국으로 건너가기 전에 마지막으로 보았으니 10여 년 만이었다. 둘은 어어, 하다가 인사를 나눴고 선 채로 안부를 물었다. 건우는 기러기아빠가 됐다고 했다. 소영은 싱글로 돌아왔다고 했다. "언제 밥 한번 먹자." 헤어지면서 나눈 말을 소영은 흘려들었는데 며칠 뒤 정말 건우가 메시지를 보내왔다. 모처럼 한가한 토요일 오후였다. 소영은 거절할 이유를 찾는 것도, 멀리 나가는 것도 귀찮아서 자신의 작업실이 있는 연남동으로 오라고 했다. 그날 둘은 저녁을 먹고 북 카페에서 책을 뒤적거리며 잡담을 나누었다. 그 후 건우는 이따금 연남동에서 저녁을 먹고 돌아갔다. 간혹 2차로 맥주를 마시는 날도 있었다. 어느 날에는 건우가 소영의 작업실이 있는 건물 앞까지 바래다주었고, 또 어느 날에는 소영이 건우가 탈 택시를 잡아주기도 했다. 소영은 건우를 보내고 다시 작업실에 들어가 하던 일을 계속했다. 둘은 한때 캠퍼스 커플이었다. 온전히 그 때문만은 아니었지만 소영은 건우와 보내는 시간이 편하지 않았다. 중간에 대화가 끊기면 어색한 침묵이 생기는 것도, 공통 화제를 찾으려고 과거를 회상하는 것도 성가셨다. 그런데 일단 밥을 먹기 시작하면 마치 중년 부부가 외식을 나온 것처럼 손발이 척척 맞았다. 몸이 기억하는 익숙함. 무언가에 익숙해진다는 건 그게 없으면 불편해진다는 뜻이기도 했다. 소영은 건우에게 전화를 걸어 주말엔 부모님을 뵈러 가야 한다고 둘러댔다. 당분간 계속 그래야 할 것 같다고. 건우는 덤덤한 목소리로 그럼 다음에 봐, 하고 전화를 끊었다.

그렇게 한 계절이 흘렀다.

충무로의 한 수입지 매장에서 소영은 건우와 다시 마주쳤다. 건우는 광고 기획사 대표였고, 소영은 그래픽 디자이너였다. 충무로에서 또 우연히 마주치는 건 이상한 일도 아니었다. 두 사람이 거래하는 인쇄소는 모두 한 골목에 있었다.

"웬일이야?"

건우가 먼저 물었다.

"종이 사러. 넌?"

"나도 그렇지 뭐."

그날 두 사람은 점심을 같이 먹었다. 건우는 광고 시안을 만드는 디자이너가 말귀를 못 알아듣는다고 투덜거렸다. 소영은 몇 가지 조언을 해주었다. 디자이너에게 능력을 펼칠 기회를 주면서도 결국엔 클라이언트의 요구대로 디자인을 바꾸는 방법에 대하여. 건우는 흡족해하며 점심값을 냈다.

그 주 토요일에 건우가 또 밥을 먹자고 메시지를 보내왔다. 소영은 바쁘다고 회신했다. 둘러댄 게 아니라 정말로 바빴는데 건우가 농담처럼 도와주러 갈까? 하고 물었다. 마침 충무로에서 찾아올 인쇄물이 있어서 소영은 그 농담을 진담으로 받았다. 그날 건우는 소영의 작업실로 인쇄물도 가져다주고 곁에서 꽤 능숙하게 일을 도왔다. 사진을 분류하고, 문서 파일을 변환하고, 음료와 간식을 챙기는 등. 그날 밤, 건우는 소영이 애용하는 패브릭 소파에 등을 기대더니 그대로 잠들었다. 소영이 몇 차례 집에 가라고 깨웠지만 일어나지 않았다. 오히려 소파에 머리를 대고 모로 누워 입으로 푸-푸 숨을 내쉬었다. 잘 자네. 창밖의 공기가 푸르스름하게 변해갈 즈음 소영은 책상에 엎드려 눈을 붙였다.

다음 주에 건우는 노트북을 들고 와 소영의 작업실에서 일했다. 소영은 소파를 내주고 건우의 일까지 거들었다. 디자이너가 작업한 레이아웃을 손보거나 프레젠테이션의 문구를 수정해주거나. 둘은 교대로 소파에 누웠다.

"왜 자꾸 여기서 자는 거야?"

"이상해. 이 소파에서 자면 꿈을 안 꿔."

"꿈?"

"응."

"덜 피곤해서 그래."

"아니야. 피곤해 죽겠는데도 자꾸 꿈을 꿔."

"어떤?"

"프레젠테이션에서 실수하는 꿈."

소영은 입을 가리지도 않고 크게 하품했다.

"집은 어디야?"

건우는 지나가는 말처럼 물었지만, 사실은 내내 묻고 싶은 말이었다는 걸 소영은 알고 있었다. 그 말은 왜 집에 안 들어가? 라는 질문을 품고 있었다. 그러는 넌 집이 어디냐고 소영이 되물었다. 건우의 집은 캐나다에 있다고 했다. 아내와 두 딸이 거주하는 곳. 한국에선 가끔 어머니가 와서 살림을 봐준다고 했다.

"안 들어올 거래?"

"아니, 방학엔 들어와."

소영은 건우의 대답이 이상하게 들렸지만 캐묻지 않았다. 대부분의 기러기아빠는 집이 어디냐고 물으면 가족이 다 함께 살던 한국의 집을 가리키곤 하는데, 건우는 꼭 자신이 집을 떠난 사람처럼 말했다.

"여기가 내 집이야."

소영은 작업 책상에 앉아 컴퓨터를 켰다. 잠시 뒤 건우가 안 궁금하겠지만, 하고 뜸을 들이더니 애인이 있다고 말했다. 소영은 휙 고개를 돌렸다. 건우의 표정엔 변화가 없었다.

"뉴욕에 사는 교포야. 나보다 일곱 살 많아. 딸이 대학생인데 딸 졸업할 때까진 결혼 못 한대. 그때까지 기다려달래."

"장건우. 너, 이혼했어?"

"음…… 아직, 근데 하려고."

건우는 이혼은 기정사실이어서 절차만 남아 있다고 했다.

"이혼은 한쪽이 간절히 원하면 하게 되더라."

"그 한쪽이 누군데?"

건우는 대답 없이 담뱃갑을 들고 자리에서 일어났다.

"결혼식은 영국의 버진아일랜드나 뉴질랜드에서 하고 싶대. 스카이다이빙 결혼식을 할 거래. 비행기에서 꽃을 뿌리면서 식장에 내려오는 거. 웨딩드레스를 입고 하늘에서, 나는 턱시도를 입고, 멋질 거 같아."

웃고 있는 건우에게 소영은 묻고 싶은 게 많았지만 미뤄두기로 했다. 캐묻지 않아도 알게 될 때가 올 거라고 생각했다.

"얼마 들어? 그렇게 내려오는 거."

건우가 껄껄거리며 자기도 그게 궁금해서 물어봤다고 했다.

"한, 3억 정도 들 거래. 에바 말로는."

"부자구나. 이름이 에바야?"

"응, 에바, 에바 캐시디."

소영은 헉, 소리를 삼켰다. 소영이 좋아하는 미국 가수와 이름이 같았다. 그 가수는 33세에 요절했는데 건우의 에바는 13년 전에 이미 그 나이를 지났다. 소영은 휴대폰으로 에바 캐시디의 공연 영상을 보여주었다. 건우는 처음 보는 가수라고 했다.

　건우가 담배를 피우러 간 사이 전기가 나갔다. 차단기를 열어보니 스위치가 내려가 있었다. 다시 올렸지만 소용없었다. 관리소장에게 전화를 걸었더니 알아보는 중이라고 했다. 이걸 어쩐다. 소영은 건우가 올 때까지 기다리기로 했다. 한낮이어서 실내는 어둡지 않았다. 전기구가 모두 꺼졌는데 벽시계의 초침이 째깍거렸다. 똑같은 속도, 똑같은 각도로 움직였다. 아, 넌 전기가 아니지. 소영은 휴대폰으로 에바 캐시디의 노래를 틀어놓고 소파에서 깜박 잠이 들었다.

　다시 돌아온 건우에게서 담배 냄새가 났다.

　"전기공사하는 사람들이 전선을 잘못 건드렸대. ……자는 거야? 나도 이 동네로 이사나 올까? 잠도 잘 오는데."

　소영은 건우의 그 말을 흘려들었다.

*

　"이제 형수라고 불러야 하나?"

"뭐, 누가?"

"선배랑 결혼했으니까 형수지."

건우는 전남편인 동진의 대학교 후배였다. 나중에 따져보니 그랬다. 광고 기획을 따로 배웠느냐고 물었더니 뉴욕에서 공부를 좀 했다고. 그러다가 대학 이름이 나왔고 동진과 같은 학교를 졸업한 걸 알게 되었다. 소영이 눈을 흘기자 건우가 장난스레 형수님, 하고 불렀다. 그 순간 소영은 자신을 형수님이라고 불렀던, 맨해튼에서 함께 살았던 시동생이 떠올랐다. 동진은 아들만 둘인 집안의 장남이었다. 두 살 아래의 시동생은 결혼을 일찍 해서 초등학교에 들어간 딸이 있었다. 그 아이는 소영을 곧잘 따라서 소영에게 생일 카드를 써 주기도 했다. 소영의 미국식 이름이 아닌 '큰엄마'라고 쓴 손 글씨 카드를.

"가만, 누가 온 거 같은데."

건우가 문가로 귀를 기울였다. 똑똑, 누군가 문을 노크하는 소리가 들렸다. 올 사람도 없고 등기우편이나 택배도 오지 않는 토요일 늦은 오후였다. 소영이 문을 열자 검은색 비니를 쓴 가수 파니가 서 있었다. 긴 후드점퍼에 레깅스를 입은 모습이 평소 분위기와 달라서 딴사람처럼 보였다. 가방은 들지 않았고 휴대폰과 카드 지갑만 손에 쥔 채였다.

"죄송해요, 휴대폰을 안 받으셔서, 안 계시면 어쩌나 했는데, 없으면 그냥 가려고 했어요."

파니의 말투는 지나치다 싶을 만큼 조심스러웠다. 소영은 잠깐만 기다려달라고 한 뒤 건우에게 손님이 왔다고 말했다.

"왜, 나 숨어야 돼?"

농담이었는데, 갑자기 건우의 아내가 파니처럼 찾아오는 장면이 그려져 소영은 고개를 내저었다.

"너도 손님이야. 손님답게 있어."

건우가 파티션 뒤로 걸어가는 걸 보고 소영은 파니에게 문을 열어주었다. 손님용 테이블의 의자를 빼주며 차를 마시겠느냐고 물었다. 파니는 지나는 길에 잠깐 들른 것뿐이라며 사양했다. 지나는 길에 들를 정도로 파니와 가까운 사이가 아니어서 그 말은 소영을 긴장시켰다.

소영의 작업실은 방을 따로 나누지 않아서 누가 어디에 있든 동선이 보이는 구조였다. 소파와 컴퓨터가 있는 쪽에만 파티션을 설치했다. 파티션 위로 건우의 머리가 움직이자 파니가 그쪽을 힐끗 보았다.

파니의 음반 디자인과 인쇄 제작을 맡은 건 두 달 전이었다. 대형 기획사에서는 음반 디자인만 의뢰하지만 파니처럼 소속사가 없는 가수는 인쇄 제작까지 모두 소영에게 맡겼다. 비용도 가수가 직접 지불했다. 지난주에 최종 디자인을 인쇄소에 넘겼고 이번 주에 알판 프레싱을 마쳤다. 저작권협회에서 받은 인지를 붙여 포장만 하면 유통이 가능한 단계였다.

"음반은 언제쯤 받을 수 있나요?"

"다음 주 화요일요."

파니가 의자에 앉지 않아서 소영도 같이 서서 말했다. 파니는 소영이 며칠 전에 메일로 알려준 일정을 재차 확인했다. 왼쪽에 가사집을, 오른쪽에 시디를 끼워 넣는 2단 디지팩 형태로 플라스틱을 사용하지 않고 종이로만 제작해서 파니도 마음에 들어 한 디자인이었다. 소영은 파니가 무슨 말이든 하고 싶은 말을 빨리 끝내고 갔으면 싶었다. 파니는 휴대폰을 만지작거리며 파티션 뒤의 건우를 의식한 듯 목소리를 낮추었다.

"음반 만드는 게 생각보다 돈이 많이 드네요. 사실은 제가 작년에 이혼했거든요. 이번 앨범, 그때 받은 위자료로 만드는 거예요."

아…… 네. 소영은 파니의 말뜻을 알아들었다. 단순히 비용을 깎아달라고 말했다면 파니의 부탁을 거절했을 것이다. 그럼 처음부터 말씀을…… 지금 이러시면 제가 더 곤란해…… 싸게 해드린 건데……. 그런 말들을 단숨에 삼켜버리는 한마디, 그때 받은 위자료로 만드는 거예요.

소영은 이혼 위자료로 음반을 만드는 파니의 처지를 고려해 30만 원 정도 할인된 가격을 제시했다. 소영은 파니가 이런 부탁을 쉽게 할 수 있는 사람이 아니라는 걸, 그동안의 전화 통화와 문자메시지로 알 수 있었다. 약속도 잡지 않고 디자이너의 작업실을 방문할 만큼 예의가 없는 사람이 아닌데 뭔가 다급한 사정이 생겼나 보다, 라고 짐작했다. 파니가 고맙다는 인사를 건넬 때 파티션 위로 건우가 몸을 일으켰다. 소영은 건우의 표정을 힐끔 본 뒤 서둘러 파니를 배웅했다.

건우의 기분이 안 좋아 보여서 소영은 저녁을 먹으러 가자고 했다. 내가 살게, 하자 건우가 부루퉁한 얼굴로 따라나섰다.

"왜 카레집에 와서 돈가스를 시켜?"

주문이 끝나자 건우가 물었다.

"돈가스가 먹고 싶으니까."

"그럼 뭐 하러 카레집에 와. 돈가스집으로 가지."

"카레집에서 하는 돈가스가 먹고 싶었어."

"돈가스가 먹고 싶으면 돈가스 잘하는 집에 가서 먹어. 카레집에선 카레를 먹고. 이게 이 집에서 제일 맛있는 거야. 맛있는 걸 먹겠다는 의욕을 가져봐."

"의욕? 지금 의욕이라고 했어?"

"그래, 의욕. 대충 때우려고 하지 말고 적극적으로 음식을 몸에 넣으라고. 널 형성시키는 것에 관심을 좀 가져. 돈가스는 이 집의 메인이 아냐."

"메인이 아니고 싶을 때도 있는 거야."

"넌 언제나 그래."

"언제나는 아니야."

"언제나였어."

주문한 음식이 나와서 두 사람은 대화를 멈췄다. 소영은 수저통에서 포크와 나이프를 꺼냈다. 건우는 식탁에 있는 오이피클과 단무지를 덜어 작은 그릇에 옮겨 담았다. 소영은 돈가스를 먹으며 카레를 먹는 건우에게 말투가 왜 그렇게 삐딱하냐고 물었다. 건우는 소영이 작업비를 책정하는 방식이 마음에 안 든다고 했다.

"이혼 위자료로 음반 내는 거, 왜 그게 이미 결정된 금액을 깎는 근거가 되지? 그 돈을 어떻게 마련했는지는 중요하지 않아. 계약한 견적대로 지불하고, 받는 거야."

소영은 문득 예전에 건우와 왜 헤어졌는지 떠올랐다. 바로 이런 거였다. 세잔의 사과 같은 것. 건우는 사과를 의자에 앉아서만 본다. 앉아서 보기 때문에 사과의 다른 면은 볼 수가 없다. 의자에서 일어나봐, 위에서 보면 사과의 윗면도 보이고 옆면도 보여, 깊이가 보인다고. 세잔이 위대한 건, 다른 화가들이 사과를 앉아서만 볼 때 그는 일어나서 보았기 때문이야. 아무리 말해줘도 건우는 언제나 의자에 앉아서만 사과를 보았다.

"나는 네가 더 이해가 안 돼. 일이 다 끝난 다음에 가격을 깎는 건 상도가 아니야. 안 된다고 딱 잘라 거절했어야지."

소영이 건우야, 하고 불렀다.

"위자료를 더 받아내던가, 아니면 노래를 더 부르던가 해서 돈을 마련해야지, 왜 너한테 줄 돈을 깎냐고, 내 말은."

건우는 고개를 숙인 채 카레를 먹었다. 소영이 또 한 번 건우
야, 하고 불렀지만 대답 없이 먹는 것에만 열중했다. 소영은 건
우의 대답을 기다리면서 돈가스를 먹었다. 꽤 맛이 좋아서 반이
나 먹었다. 건우에게도 맛을 보여주고 싶었다. 소영은 돈가스 한
점을 소스에 찍었다.

"내가 이래서, 이런 사람이어서 우리는 만나는 거야. 안 그런
사람이었으면 널 소파에 재우지도 않았어. 내가 이래서, 최근에
제일 덕을 많이 본 사람은 너야. 아까 그 가수가 아니라."

소영은 천천히 끊어 말했다.

"무슨 뜻인지 알아?"

"……알아."

건우가 달라졌다. 예전 같으면 이렇게 쉽게 수긍하지 않았을
것이다. 건우를 바꾼 건 무엇일까? 시간, 사람, 의지? 아니면 다
귀찮아서 체념한 걸까?

건우가 물잔에 물을 더 부었다. 마시진 않고 내버려두었다.

소영은 물이 가득 담긴 물잔을 보았다. 언젠가는 함께 밥을 먹
고 싶어도 같이 먹자고 말할 수 없는 사이가 되겠구나, 이번에
헤어지면 말짱하게 재회하긴 어렵겠구나, 그런 생각이 들었다.

"맛있어. 이거."

소영은 돈가스 한 점을 카레 접시에 올려놓았다. 카레가 묻은

돈가스 한 점이 건우의 입속으로 들어갔다.

*

 건우가 소영의 작업실이 있는 동네로 이사 오고 싶다는 말은 빈말이 아니었다. 본격적으로 연남동에 관해 알아보기 시작했다. 연관 키워드 검색으로 경의선숲길까지 찾아보았다.
 "연남동은 연희동의 남쪽이라서 연남동이라 불리게 됐대. 여기 경의선숲길은 센트럴파크처럼 도심을 가로지르는 선형공원 이래. 마포구에서 용산구까지 전체 길이가 6.3킬로미터야. 왕복하면 꽤 걸리겠는데."
 건우는 주차와 흡연이 가능하고 엘리베이터가 있는 건물로 사무실을 이전하고 싶어했다. 크기는 30-40평 정도, 화장실은 반드시 두 개여야 하고 다른 사무실과 공동 사용은 안 된다. 천장이 높고, 햇빛이 잘 들고, 통풍이 잘되는 사무실로 앞 건물과의 거리는 멀수록 좋았다.
 건우는 부동산 사이트를 검색한 후 중개업자와 이사할 곳을 보러 다녔다. 건우가 원래 저랬었나, 추진력이 좋네. 소영은 자신이 건우의 다른 면을 알아가는 것처럼 건우도 마찬가지일 거라는 생각이 들었다. 대학 때와는 다른, 서로가 보지 못한 면을 보여주고, 보게 될 거라고. 그 시절의 건우는 어디로 간 걸까, 사라진 걸까, 건우 안에 아직 있긴 한가. 소영은 대학 캠퍼스에서 사소한 것까지 시시콜콜 자신에게 묻고 결정하던 그 청년이 보고 싶을 때가 있었다. 한 번쯤 묻고 싶었다. 너도 그러한지. 소영은 건우야, 하고 부른 뒤 말없이 미소 지었다. 그게 왜 궁금한가, 나는.

"이 동네는 맛있는 식당이 많아서 좋아."

"그게 좋으면, 차라리 음식점을 차리지 그래?"

"좋아할 줄 알았어. 이사 온다고 하면 좋아할 줄."

건우의 얼굴이 시무룩해졌다. 소영은 건우의 얼굴을 물끄러미 바라보다가 자신의 태도가 전과 달라졌다는 걸 알았다. 편해졌다.

건우는 이 동네 부동산에서 내놓은 사무실과 옆 동네 부동산에서 내놓은 것까지 모두 둘러보았지만 좀처럼 마음에 드는 사무실을 찾지 못했다. 나중엔 점점 눈이 낮아져 평수만 비슷해도 보러 다녔다. 소영은 주말마다 건우와 점심 저녁 두 끼를 함께 먹었다. 자주 가는 식당에선 알은 체를 하며 서비스 반찬을 내주기도 했다. 식사 후 동네를 산책하면 낯선 사람들이 인사를 건네곤 했다. 건우와 얼굴을 익힌 부동산 중개업자들이었다.

"우리가 어떻게 보일까?"

"어떻게 보이긴, 고객이지, 잠재적 고객."

"이러다간 이 동네 건물을 다 볼 거 같아. 부동산이나 차릴까?"

건우는 실없는 농담을 던지며 지쳐가고 있었다.

"그런 사무실은 이 동네에서 우리 건물밖에 없을걸."

소영이 혼잣말처럼 중얼거렸다. 순간 건우가 걸음을 멈췄다. 소영은 괜한 말을 꺼낸 것 같아 움찔했다. 소영의 작업실이 있는 건물은 조건이 좋아서 중개업소에 내놓을 필요도 없이 알음알음 임대계약이 이루어졌다. 5층짜리 건물인데 소영이 있는 5층만 15평씩 두 구역으로 나뉘어 있고, 1층에서 4층까지는 30평대 단독 사무실이었다. 건우는 다른 층도 15평인 줄 알았고, 중개업소에 매물로 나온 게 없어서 소영이 있는 건물은 볼 생각도 못 한 것이다. 건우는 추진력보다 촉이 더 좋았다. 당장 임대인한테 전화를 걸라고 재촉했다. 소영은 관리소장에게 먼저 전화를 넣었다.

"2층에 있는 사람들이 다음 달에 나가요. 3층 사람들이 2층으로 내려오고 싶다고 하니까 3층이 비네요."

건우는 추진력도 좋고, 촉도 좋고, 운도 좋았다. 소영과 건우는 관리소장과 함께 3층 사무실을 보러 갔다. 출입문 옆에 '전자 출판 편집 전문'이라는 아크릴 간판이 붙어 있었다. 같은 건물에 있는 다른 사무실의 내부를 보는 건 소영도 처음이었다. 파티션을 가운데 두고 왼쪽에 세 명, 오른쪽에 세 명, 총 여섯 명의 직원이 나란히 앉아 컴퓨터 모니터를 보고 있었다. 외부인이 들어와 공간을 가로지르며 구석구석 살피는데도 누구 하나 돌아보는 사람이 없었다. 마치 저마다 고유한 무표정을 짓는 것처럼 보였다. 간혹 엘리베이터에서 마주쳐 눈에 익은 얼굴도 보였다. 건우는 화장실까지 모두 둘러본 뒤 흡족한 얼굴로 관리소장과 이삿날을 상의했다.

이삿날은 건우의 어머니가 오래전부터 알고 지내는 명리학자가 정해주었다. 건우네 집은 항상 그런 식으로 이삿날을 잡는다고 했다. 조심해서 나쁠 거 없잖아, 하고 건우가 잇몸을 드러내며 웃었다. 명리학자가 정해준 이사 시기는 음력 4월과 5월이었다. 건우는 음력 4월 29일에 3층으로 이사하기로 했다. 양력 5월 27일이었다.

2층이 먼저 나가자 3층의 전자출판 편집 회사는 2층에 인테리어 공사를 시작했다. 그런데 이사를 보름 앞두고 관리소장한테서 전화가 왔다. 2층 인테리어 공사에 차질이 생겼다며 이삿날을 며칠 뒤로 미룰 수 있는지 물어왔다. 5월 31일까지 달을 채우고 6월 1일부터 시작하는 게 서로 좋지 않겠느냐고, 같은 건물에 있는 사람들끼리 편의 좀 봐주세요, 하는 식이었다. 건우는 명리학자의 말 외에는 딱히 거절할 이유가 없었다. 어차피 건우네 회사도 인테리어 공사 기간이 필요해서 지금 있는 사무실에서 나오는 날짜를 여유 있게 잡아둔 상태였다.

"대신 우리 물건을 몇 개 가져다 놓을게요."

그것은 명리학자가 알려준 타협안이었다. 날짜에 맞춰 이사를 못 갈 경우 물건이라도 그 날짜에 맞춰 이사할 곳에 갖다 놓으라고 했다.

"음력 4월과 5월 다 좋다는데 왜 꼭 4월에 들어가려는 거야?"

"5월보다는 4월이 더 좋대."

건우는 '더'에 힘을 주며 말했다. 소영은 도대체 그 '더'의 기준은 뭔데, 하며 따지려다 쯧쯧 귀가 얇구나, 하고 웃어넘겼다.

"예전에는 이럴 때 밥솥을 갖다 놓곤 했어요."

중간에서 날짜를 조율해주던 관리소장이 말했다.

"밥솥 안에 찹쌀 한 움큼, 팥 한 움큼 넣었대요."

밥솥이라, 소영은 밥솥이 상징하는 게 무엇인지 알아들었다. 건우도 알아들은 것 같았다. 그전에는 단순히 쓰던 물건을 갖다 놓으면 될 줄 알았다. 그런데 밥솥 얘기를 듣고 나니 신중해졌다. 밥솥을 대신할 물건을 골라야 했다. 소영과 건우는 여러 물건을 대입해보다가 하나씩 삭제했고, 삭제한 것들을 복원시키다가 또 삭제하기를 반복했다. 회사 간판, 명함, 명패, 도장, 시계, 만년필, 자격증, 포트폴리오처럼 회사와 관련된 것들이 나열되다가 건우가 모으고 있는 피규어와 주사위, 구두와 모자 같은 개인적인 사물이 등장했고 뜻밖에 엉뚱한 물건이 거론되기도 했다.

"스탠드?"

"스탠드는 빛 중에서 가장 고요한 빛이잖아. 자신만의 가장 고요한 빛을 원하는 마음, 다락방의 불빛 같은 거지."

소영이 즉흥적으로 지어내는 말에 건우의 눈이 어린아이처럼 반짝거렸다. 그때 알았다. 건우는 어떤 물건을 선택하는지보다 그 물건을 왜 선택하는지, 그 이유에 의미를 두는 사람이었다. 주사위는 육면체 중에 가장 완벽한 존재잖아. 자신만의 가장 완벽한 육면체를 원하는 마음, 존재의 육면체 같은 거지. 명함은 이 회사에서 가장 대표적인 얼굴이잖아. 자신만의 가장 안전한 가면을 원하는 마음, 릴레이의 첫 번째 주자 같은 거지……. 두 사람은 끝말잇기 놀이하듯 대화를 이어나갔다. 뭘 선택하던 이유는 얼마든지 만들 수 있었고, 이건 모두 허상인데 실상이 되어가고 있는 걸 지켜볼 수밖에 없었다.

"너는? 너라면 뭘 선택할 건데?"

건우가 오래전 대학에 다닐 때처럼 물어왔다. 소영은 그때와 달리 선뜻 대답하지 못했다. 건우가 빙그레 웃으며 천천히 생각해보라고 했다.

"정말 궁금해?"

"궁금해, 김소영의 밥솥."

그렇게 소영은 건우와 같은 고민에 빠져들었다. 이런 상황이면 자신이 밥솥 대신 뭘 가져다 놓을지.

점심 먹고 동네 한 바퀴, 건우의 제안으로 시작한 산책이었지
만 소영은 그 시간이 점점 좋아졌다. 근처 골목을 여러 갈래로
걸어봤는데 경의선숲길을 걷는 게 가장 좋았다.

"오늘은 어느 쪽으로 갈까?"

매번 건우가 먼저 물었고 소영이 방향을 정했다. 소영이 앞장
서 걸으면 어느새 건우가 옆에 와 걸었다.

"전부터 궁금했는데, 왜 직원들하고 같이 점심 안 먹어? 난 혼
자 먹어도 돼."

"혼자 먹고 싶어?"

"아니, 그게 아니라."

"직원들이랑 같이 밥 먹으면 정이 들어. 정들면 그만둘 때 힘
들더라고."

"아, 내보낼 때 힘들겠구나."

"아니, 직원이 나간다고 할 때."

건우는 사장 마인드는 아니지, 하고 중얼거렸다. 그리고 갑자
기 생각났다는 듯 (물론 아니겠지만), 다음 주에 에바가 한국에
들어온다고 했다. 옆에서 힐긋 보니 씩 웃고 있었다. 소영은 속
으로 물었다. 나랑은 정을 어떻게 떼려고 자꾸 밥을 먹니, 너는.

딴생각하며 걷다 보니 낯선 골목으로 들어가게 되었다. 막다

른 골목이어서 되돌아 나오려는데 골목 끝에 작은 화랑이 있었다. 공간이 협소해 작품은 많지 않았지만 캘리그래피 전시 중이었다. 마침 작가가 자리를 지키고 있어서 작품 설명을 듣는데, 소영의 휴대폰이 울렸다. 진동으로 돌려놓는 걸 깜빡한 소영이 황급히 휴대폰을 들고 밖으로 나갔다.

소영은 짧은 통화를 마치고 화랑 앞 벤치에 앉아 햇볕을 쬐었다. 가끔 생각했다. 동진은 어떻게 살고 있을까. 잘살고 있을 걸 알면서도 아주 가끔은, 못살아라, 못살아라, 그랬다. 알고는 있어야 할 거 같아서…… 잘 지내…….

"왜? 무슨 전환데, 거래처?"

"너는, 내가 아는 사람이 거래처밖에 없는 줄 알아?"

의도와는 달리 목소리에 짜증이 실렸다. 건우도 놀라고 소영도 놀랐다.

소영은 혼자 경의선숲길을 걸었다. 홍대 방향으로 건너가 대흥동을 지나 새창고개까지 걸어갔다. 가다가 책방에 들러 신간 서적과 디자인 소품을 구경했다. 영국에서 수입한 볼펜이 마음에 들어 종이에 글씨를 써보기도 하고, 여행 서적 코너에서는 뉴욕의 센트럴파크 사진을 찾아보고, 그래픽 잡지를 펼쳐 해외 디자이너의 인터뷰 기사를 훑어보기도 했다. 와플 가게에 들어가 테라스에서 커피를 마시고, 빵집에서 딸기주스를 샀다. 옷집에서 실내용 슬리퍼를 샀다. 혼자여서 편하고 가뿐했다.

건우가 이사 온 후 연남동에서 대흥동 구간까지 함께 걸은 적이 있다. 원래는 경의선숲길의 전 구간을 걸어보려고 했는데 중간에 되돌아가게 되었다. 그때 돌아가는 지점에서 건우가 그랬다.

"선형공원은 이게 피곤하구나. 다시 돌아가야 한다는 거. 원형이었으면 질러갈 수 있을 텐데."

소영은 그게 좋았는데……. 다시 돌아갈 수 있다는 거, 질러갈 길이 없다는 거.

'건우야, 니 선배, 재혼한대, 건너 건너 아는 사람이어서 혹시 몰라서 미리 알려주는 거래.' 소영은 건우한테 하지 못한 말을 신수동 구간에서 만난 단풍나무에 했다. 자신을 형성시키는 것 중에 어떤 의욕, 혹은 의지가 남아 있는지를 조용히 가늠해보았다. 왜 메인이고 싶을 때보다 메인이 아니고 싶을 때가 더 많은지를 헤아려보았다. 그러다가 어느 순간, 언제나는 아니었지만 언제나여도 괜찮다는 생각이 들었다.

연남동으로 되돌아가면서 플레이리스트에 담아둔 에바 캐시디의 노래를 들었다. 하도 많이 들어서 한 곡이 끝나갈 즈음 다음 곡의 멜로디가 떠올랐다.

*

   소영은 눈을 뜨고도 금방 일어나지 못했다. 다시 눈을 감고 잠이 들면 꿈을 이어갈 수도 있고, 그럼 더 많은 것들을 볼 수 있을 것 같기도 했지만, 어쩌면 다 잊어버릴 수도 있으니, 지금 떠오르는 것들이라도 잘 살려서 그림을 그려둬야 하지 않을까, 판단이 서지 않았다. 시간은 아침 일곱 시가 넘었다. 평소보다 일찍 눈을 뜬 셈이어서 더 자고 싶은 마음에 이불을 뒤집어썼다. 다시 눈을 떴을 땐 아홉 시가 넘어 있었다. 더 이상의 꿈은 없었다. 꿈도 없이 두 시간의 단잠을 덤으로 자고 일어난 아침, 소영의 몸이 경고 신호를 보냈다. 의자에서 일어서면 바닥이 같이 일어서는 것 같았고, 한순간 아무 소리도 들리지 않으면서 약에 취한 듯 멍해졌다. 이 모든 게 잠이 부족해서 나타나는 증상이라는 걸 소영은 경험으로 알고 있었다. 소영은 그 상태에서만 느낄 수 있는 몽롱한 어지러움이 싫지 않았다. 소파에 기대고 있을 때 건우가 다녀갔다. 조금 뒤 다시 돌아온 건우의 손에는 전복죽과 피로회복제가 담긴 봉지가 들려 있었다.

   "다음엔 이런 거 말고 딸기주스 사 와. 편의점에서 파는 거 말고 카페에서 직접 갈아 만든 거."

   건우가 알았다고, 알았으니 먹고 좀 쉬라고 말했다. 고개를 끄덕이면서도 소영은 선뜻 음식을 입에 대지 못했다.

"며칠 전에 신수동에 갔다가 어떤 빵집에 들어갔거든. 거기에 처음 보는 딸기주스가 있는 거야. 병에 든 거, 호주산."

건우는 호주에서 딸기주스도 수입하느냐며 웃었다.

"지금까지 먹어본 딸기주스 중에서 그게 제일 맛있었어. 색깔이 하앴는데 한 모금 마시니까 딸기 맛이 엄청 진하게 나는 거야. 그래서 이건 딸기 100퍼센트다, 확신을 갖고 병 뒤에 있는 성분표를 봤거든. 근데 딸기 과즙이 겨우 1퍼센트였어. 나머지 99퍼센트는 물과 과당, 뭐 그런 성분이었어."

건우는 그래서? 하는 표정을 지었다.

"설마 지금 그거 사 오라는?"

소영은 손사래를 쳤다.

"임산부도 아닌데 어떻게 그런 심부름을."

소영은 임신 중에도 그런 부탁을 한 적이 없었다. 남편인 동진에게조차도. 순간 소영은 가슴이 먹먹해졌다. 이런 거구나, 이렇게 불쑥.

"알았어. 진짜 딸기주스 사 올게. 됐지?"

건우가 소영의 표정을 살피더니 서둘러 작업실을 빠져나갔다. 소영이 하고 싶은 얘기는 이게 아닌데, 아직 꺼내지도 않았는데 끝까지 들어보지도 않고 가버렸다. 왜 딸기주스를 좋아하게 되었는지, 그 1퍼센트에 대해서 더 하고 싶은 이야기가 있었는데. 어떤 사람은 99개가 깨끗한데 1개가 더러워. 그런데 그

더러움이 99개의 깨끗함을 못 이겨. 그 더러운 게……. 그래서 그 사람이 싫은 거야. 어떤 사람은 100개 중의 99개가 단점이고 1개가 장점인데, 그 장점 하나가 99개의 단점을 덮어, 다 용서가 돼.

집에 갈래. 소영이 한국으로 돌아가겠다고 했을 때 동진은 놀라지도 화를 내지도 않았다. 여기가 우리 집이야, 아이는 또 낳으면 돼. 소영을 붙잡고 흔들다가, 지치다가, 동진 자신이 흔들렸다. 소영은 그 집에서 동진을 마주 볼 수가 없었다. 동진을 포기하니 모든 게 쉬웠다. 다시 돌아올 수 있었다. 한국으로, 친정으로.

건우는 분명 진짜 딸기주스를 사 올 것이다. 어쩌면 호주산 딸기주스를. 어떤 것이든 그 집에서 가장 대표적인 것을 사려고 할 것이다. 건우는 모험을 하지 않는다. 그런 그가 에바 캐시디를 만난다. 가족을 떠나려고 한다. 소영은 생각했다. 어쩌면 건우의 1퍼센트는 에바 캐시디일지도 모른다고. 건우의 삶에서 뭔가가 빠져나갔고 그 공백이 너무 커 모험이 필요한 지경까지 갔다고. 그 공백을 알아본 에바 캐시디가 마침내 건우의 1퍼센트를 차지한 게 아니냐고, 소영은 묻고 싶었다.

건우야, 넌 그 말을 언제 누구한테 들었니? 나한테 아이가 있었다는 말.

지금도 궁금하니? 내가 밥솥 대신 뭘 가져다 놓을지. 나는 궁금하다. 내가 뭘 놓고 나올지. 어떻게 알겠니, 닥치기 전에는.

*

건우의 아내와 두 딸이 귀국했다. 캠핑 갔던 큰딸이 다리를 다쳐서 흉터가 생겼다. 성형수술을 받아야 한다며 방학도 되기 전에 돌아왔다. 건우는 난처해졌다.

"네가 에바를 만나줘."

"그냥 다음에 오라고 해."

"그건, 할 수 없는 말이야."

"내가 대신해줘?"

건우의 눈빛이 너무 진지해서 소영은 덜컥 에바를 만나겠다고 말했다.

"애들 왔다며 왜 안 들어가?"

건우는 계속 일만 하고 있었다. 자동차 회사의 해외 잡지 광고였다. 광고 시안 세 개를 번갈아 보며 몇 잔째 연거푸 커피만 마시고 있었다.

"이거 세 개 중에 어떤 게 제일 괜찮아?"

"애들 보고 싶어 했잖아."

"난 세 번째가 그중 나은 것 같은데 이것만 보여줄까?"

"와이프한테 미안해서 그래?"

"시안을 한 개만 보여주면 성의 없다고 하겠지?"

"빨리 들어가, 집!"

소영이 소리쳤지만 건우는 모니터만 바라보았다. 소영은 건우가 열어놓은 세 번째 시안을 들여다보았다. 사막을 달리는 자동차와 두 사람의 뒷모습, 상단에 흰색 글자로 뽑은 'Different Friends!'라는 카피. 에바한테 미안하지, 와이프한테 왜……. 그들의 뒷모습이 그렇게 말하는 것만 같았다.

건우의 가족이 들어온 다음다음 날이 에바가 한국에 오는 날이었다. 그날은 건우의 큰딸이 병원에서 검사를 받는 날이어서 건우는 꼼짝없이 병원에 붙들려 있어야 했다. 소영은 에바를 마중 나가기 위해 하던 일을 뒤로 미루었다. 거래처에 일정을 조율하는 전화를 건 다음, 이런 적 처음이야, 하고 투덜거렸다. 워커홀릭도 가끔은 공항 바람을 쐬야지, 하며 건우가 소영을 다독였다.

소영은 스카이다이빙 결혼식을 꿈꾸는 에바에게 작은 이벤트를 해주고 싶었다. 애인도 안 나오는데 나라도 뭔가 색다르고 특별한 것을. 소영은 얼마 전에 봤던 캘리그래피 전시를 떠올렸다. 화선지에 큰 붓으로 붉은 원을 그리고 그 위에 글씨와 그림을 그렸다. 커다란 하트 위에 에바의 이름과 'Welcome to Korea'를 썼다. 폼보드에 화선지를 붙이고 피켓 손잡이에 색동 테이프를 붙였다. 완성된 피켓을 들고 흔들어보았다. 무게감이 없어서 폼보드 한 장을 더 붙였다.

건우에게 휴대폰으로 피켓 사진을 보냈더니 에바의 사진을 보내주겠다고 했다. 소영은 사진을 보고도 금방 알아볼 수 있을지 걱정이 되었다. 그 나이대의 여성들은 사진을 믿으면 안 된다. 백이면 백 더 어려 보이는 사진을 보내기 때문이다. 하물며 건우가 소영에게 처음 공개하는 애인 사진인데 그게 오죽할까. 아니나 다를까 건우가 말한 나이보다 10년은 더 젊어 보이는 사진이 전송되었다.

*

공항은 여행객과 무대에서 공연을 준비하는 사람들로 북적거렸다. 무대 앞에 하얀색 플라스틱 의자가 줄지어 놓여 있었고, 무대 중앙에는 'K-POP과 하늘을 잇다'라는 대형 플래카드가 걸려 있었다. 마이크와 앰프를 테스트하는 소리가 따갑게 울려 퍼졌다. 한쪽에선 조선시대 왕과 왕비의 복장을 한 남녀와 한복을 입은 사람들이 공항을 거닐며 퍼레이드를 하고 있었다.

예상보다 일찍 도착한 소영은 카페를 찾아 두리번거리다가 무대 근처에서 퍼레이드를 구경하는 한 아이를 보았다. 슬쩍 보았을 뿐인데도 가슴이 두근거렸다. 소영을 큰엄마라고 부르던,

떠나온 후에도 문득 생각나는 바로 그 아이였다. 아이를 본 반가움보다 그 아이의 부모나 조부모, 어쩌면 동진이 근처에 있을지도 모른다는 두려움이 먼저 들었다. 소영은 황급히 몸을 숨겼다. 그들과 맞닥뜨리고 싶지 않았다. 피켓을 든 손에서 자꾸 힘이 빠졌다. 유리창 밖에서는 애연가들이 담배를 피우고 있었다. 소영은 그들 곁에서 담배를 피우고 싶은 충동이 일었다. 건우의 냄새를 맡고 싶었다.

에스컬레이터를 타고 위층으로 올라갔다. 기둥 뒤에 숨어 아래를 내려다보았다. 아이가 보이지 않았다. 방금 보았던 그 아이가 사라지고 없었다. 헛것을 본 걸까. 비슷한 사람을 잘못 본 걸까. 소영은 그래도 안심이 안 되어 화장실로 들어갔다. 그곳이 가장 안전한 피신처 같았다. 양변기 뚜껑을 닫고 한참을 앉아 있었다. 몸이 뻣뻣하게 굳는 것 같아 팔과 다리를 주물렀다. 왜 여기에 왔을까. 다 그만두고 돌아가고 싶었다. 소영은 벌떡 일어섰다가 다시 주저앉았다.

마음을 추스르느라 시간을 더 허비했고, 허비한 시간을 만회하려고 서두르다가 화장실에 피켓을 두고 나왔다. 화장실로 되돌아갔을 때 피켓은 벽면에 비스듬히 세워져 있었다. 소영은 자신이 그린 그림을 내려다보았다. 의자에서 일어나봐, 깊이가 보인다고…… 궁금해, 김소영의 밥솥…… 잘 지내…… 여기가 내 집이야…… Different Friends……. 붉은 원에 번진 커다란 하트가 전하는 메시지를 들으며 소영은 피켓을 들고 뛰었다. 머리카락이 이마에 달라붙었고 스커트 안감이 허벅지에 감겼다.

공연의 시작을 알리는 박수 소리와 흥거운 멜로디가 장내를 가득 채웠다. 보라색 풍선을 든 사람들이 한쪽으로 몰려가자 분홍색 풍선을 든 사람들이 반대 방향으로 몰려갔다. 카메라를 든 사람들이 덩달아 분주하게 움직였다. 1층은 물론 2층 난간에까지 사람들이 빽빽하게 들어찼다.

소영은 건우를 만나러 바다를 건너온 에바를 찾으러 갔다. 뉴욕에서 도착한 대한항공에서 짐을 찾은 사람들이 입국장을 빠져나오고 있었다. 소영은 입국장 앞에 서 있는 사람들 틈에 섞여 피켓을 가슴에 들었다. 피켓을 들고 있는 사람이 여럿 보였지만 캘리그래피로 만든 피켓을 든 사람은 소영뿐이었다. 소영은 공연을 보러 온 사람들과 혼동하지 않으려고 입국하는 사람들을 더 열심히 살폈다. 카디건 소매를 허리에 묶고 나온 여성과 눈이 마주쳐 피켓을 치켜들었지만, 그는 소영을 지나쳐 다른 이의 손을 잡고 떠났다. 많은 사람이 소영의 눈앞에서 총총히 사라졌다.

에바가 벌써 입국장을 빠져나간 게 아닐까. 화장실에서 지체한 시간이 너무 길었다는 자책이 밀려올 즈음 건우가 전화를 걸어왔다.

"만났어?"

소영이 아직, 이라고 입을 떼려고 할 때 한 여성이 걸어왔다.

곧바로 소영이 있는 쪽으로 다가왔다. 마흔일곱이 아니라 쉰일곱으로 보였다. 주름진 얼굴에 머리칼이 희끗희끗했다. 체구가 크고 인상이 둥글둥글했다. 에바일 리 없다고 생각했지만, 여성이 미소 짓는 순간 소영은 단박에 알아봤다. 그의 미소는 너무나 푸근했다. 눈동자엔 총기가 넘치고 걸음걸이는 씩씩했다. 이 사람이라면 거뜬히 꽃을 뿌리며 스카이다이빙을 해낼 것 같았다.

"어, 만난 거 같아."

소영은 점점 가까이 다가오는 에바가 마음에 들었다. 피켓을 번쩍 들어 올렸다. 활짝 웃으며 소리쳤다. 에바! 소영은 저도 모르게 에바 캐시디의 노래를 흥얼거리기 시작했다. 더 크게 더 높이 피켓의 손잡이를 흔들었다. 우리들의 에바, 에바 캐시디를 위하여.

슬로 슬로

세진은 파스타 면을 삶고 있었다. 끓는 물에 면을 넣고 나무젓가락으로 휘휘 저으며 식탁에 앉아 있는 나를 흘낏 쳐다보았다.

"전시회 끝나면 바로 오나?"

"아니…… 왜?"

나무젓가락을 쥔 세진의 손이 멈칫했다. 물이 끓어 넘치는 소리가 들렸고 세진의 머리 위로 수증기가 피어올랐다. 세진은 행주로 냄비의 손잡이를 잡고 채반에 면을 받쳤다. 싱크대에서 팬을 꺼내 마늘과 페페론치노를 볶았다. 매캐한 향이 식탁에까지 퍼졌다.

이번엔 네팔인가. 식탁 한쪽에 모아놓은 고지서 위에 오빠가 보낸 엽서가 보였다. 안나푸르나 사진이 인쇄된 엽서의 소인은 12월 초였다. 잘 지내, 건강해, 새해에는 더……. 오빠의 엽서를 책장에 꽂아두고 그릇장에서 접시와 포크를 꺼냈다. 재택근무하는 세진이 저녁을 만들기 시작하면서 나는 좀 편해졌다. 빵이나 면 요리뿐이지만 외식을 싫어하는 세진이 내 손을 빌리지 않고 직접 해 먹는 게 어디인가. 유리병에 든 오이피클을 소스볼에 덜어내며 슬쩍 보니 세진은 벌써 파스타에 후추를 뿌리고 있었다. 세진이 완성한 요리는 바질페스토파스타였다. 접시에 나눈 파스타를 우리는 묵묵히 먹었다.

"파리까지 가는데 소미는 보고 와야지."

잠자리에 누웠을 때 내가 말했다. 세진은 등을 돌린 채 말이 없었다.

"오래 있진 않을 거야."

세진이 이불을 걷고 방을 나갔다. 조금 뒤 화장실에서 뭔가 깨지는 소리가 들렸다. 화장실로 달려가보니 세진이 거울 앞에 서 있었다. 거울 속의 세진은 분리되거나 겹쳐졌고 일렁이다가 조각조각 떨어져 나갔다. 세진의 주먹에서 피가 흘렀다. 이번엔 또 뭐가 문제였을까. 소미한테 간다는 걸 미리 말하지 않아서, 오빠가 안나푸르나에서 엽서를 보내서, 아니면 파리 전시회 때문에? 세진은 풀리지 않는 문제가 있거나 화가 날 때면 물건을 깼다. 지난번에는 꽃병이었고, 그 전에는 술잔이었다. 갈수록 물건의 크기가 커졌다. 세진을 이대로 두면 다음엔 더 큰 물건이 깨질 것이다. 점점 커져서 언젠가는……. 주먹을 쥐고 세진이 깬 거울을 두 번 쳤다. 손의 살갗이 찢어졌다. 세진이 부릅뜬 눈으로 나를 노려봤다. 손에서 빠져나온 피가 잠옷을 적시며 타일 바닥으로 흘러내렸다.

*

　출판사에서 보내주는 '파리국제도서전'은 시장조사 겸 포상 휴가였다. 작년에 기획한 그림책 시리즈가 출판 시장에서 좋은 평가를 받았다. 동료들은 축하 인사를 건네며 부러워했지만, 나는 도서전보다 소미를 만나고 싶은 마음이 더 컸다. 소미는 그르노블 3대학 대학원에서 문화예술 콘텐츠 관련 공부를 하고 있었다. 파리에서 TGV를 타면 세 시간 만에 그르노블에 도착할 수 있었다. 나는 꼭 봐야 할 전시만 관람한 후 소미를 만나러 갔다.
　"하나야, 이하나!"
　마중 나온 소미의 목소리인 줄 알면서도 순간적으로 숨이 멎었다. 언젠가 오빠가 나를 저렇게 부른 적이 있었지. 그르노블 역보다 훨씬 작은 간이역에서 다급하게 나를 부르던, 그 간절한 호명이 떠올라 이국의 낯선 역에서 걸음을 멈췄다. 플랫폼 밖에서 손을 흔들던 소미가 양팔을 벌린 채 달려왔다. 발갛게 상기된 얼굴에 생일 선물로 보낸 코발트블루 머플러를 휘날리며. 우리는 짧게 포옹했다.

소미는 대학 기숙사에서 살았다. 4층짜리 건물에 교문처럼 큰 대문과 넓은 마당이 있는 곳이었다. 마당에서 올려다보니 발코니 없는 외벽에 격자형 창문이 조밀하게 배치돼 있었다. 창문과 창문 사이 아치형 기둥을 타고 외벽으로 올라간 담쟁이넝쿨은 마치 공들여 세공한 문양 같았다. 줄기만 남은 담쟁이넝쿨이 4층까지 뻗어 나가지 못하고 3층에 멈춰 있어서 4층은 증축한 것처럼 보이기도 했다. 소미의 방은 3층 맨 끝 방이었다. 침대와 옷장, 책꽂이와 책상, 티테이블과 의자가 정갈하게 놓인 아담한 방이었다. 샤워실과 화장실은 공용이었고, 식사는 1층 식당에서 각자 알아서 해 먹는다고 했다.

소미와 함께 침대에 올라가 벽에 등을 대고 앉았다. 시차 때문에 졸음이 몰려왔지만 소미가 건네는 맥주를 기꺼이 받아 들었다. 소미는 학교 공부를 따라가기 힘들다고 하면서도 목소리에 활기가 넘쳤다. 서른다섯은 늦은 나이가 아니었다고, 더 늦기 전에 오길 잘했다고 말했다. 맥주병을 부딪치며 응원을 보내자 소미가 침대 아래에서 작은 상자를 가져왔다. 그 안에 각설탕보다 열 배쯤 큰 흰색 덩어리가 들어 있었다. "누가야" 하며 소미가 먼저 한 입 베어 물었다. 나도 한 귀퉁이를 깨물었다. 달고 쫄깃했다. 견과류가 들어 있어 끝맛은 고소했다.

"다들 잘 계시지?"

소미가 물었다.

"누구?"

"그냥, 네 주변 모두 다."

"다들 잘 지내."

"오빠는…… 연락 왔어?"

한때 오빠를 좋아했던 소미는 오빠의 소식을 물을 때마다 주춤거렸다. 나는 그게 안타깝기도 하고 불편하기도 했다.

"네팔에 있나봐. 안나푸르나."

오빠가 아직 거기에 있을지, 또다시 길을 떠났는지는 알 수 없었다. 소미가 곁눈질로 슬쩍 내 눈치를 살피는 게 느껴졌다. 나는 과장되게 명랑한 목소리로 물었다.

"내일 우리 뭐 할까?"

소미는 난처한 표정을 지으며 머뭇거리더니 내일 시험이 있다고 했다. 나는 맥주병을 내려놓고 이불을 뒤집어썼다. 소미가 미안미안, 소리치며 이불을 끌어 내렸다.

"대신 모레 샤모니에 가자. 케이블카도 타고 퐁듀도 먹자!"

다음 날 아침 일찍 우리는 기숙사 식당으로 내려갔다. 높은 천장에 마당 쪽으로 커다란 유리창을 낸, 식당보다는 도서관 열람실 같은 분위기의 공간이었다. 소미가 아침 식사를 준비하는 동안 창가에서 밖을 내다보았다. 기숙사 마당 뒤로 눈 덮인 산이 눈에 띄었다. 휴대폰으로 사진을 찍는데 누군가 쳐다보는 것 같아 주위를 두리번거리다가 문가에 앉은 사람과 눈이 마주쳤다. 그는 펜을 들고 노트에 뭔가를 끄적이고 있었다. 그러다가 나를 또 보고, 다시 나와 노트를 번갈아 바라보곤 했다. 스케치하는 것 같은 동작이었다. 소미는 그를 '가디언'이라고 불렀다.

"기숙사 관리자야. 전체 관리자는 따로 있고 작은 관리자."

나이를 물었더니 70대 초반이라고 해서 깜짝 놀랐다. 소미가 가디언에게 나를 소개했다. 덥수룩한 콧수염과 구레나룻, 검은색 뿔테 안경을 쓴 그의 눈은 부드럽고 느슨했다. 그가 소미의 이름 옆에 내 이름을 적은 뒤 노트 안쪽에서 고무줄을 꺼냈다. 손가락에 고무줄을 끼우고 팔자로 만들더니 엇박으로 접었다 폈다를 반복하며 내 시선을 붙잡았다. 마치 두 개의 후프를 공중에 던진 것처럼 고무줄이 두 개로 분리돼 보였다. 내내 집중했더니 그가 익살스럽게 웃었다.

"어때? 신기하지?"

"어떻게 한 거예요?"

어디 한번 맞춰봐라, 하는 식으로 그가 동작을 반복했다. 분명히 고무줄은 하나인데 두 개로 보였다. 나는 영문을 알 수 없어 고개를 가로저었다.

"잘 봐. 방법을 가르쳐줄게."

그가 미소 지으며 천천히 처음부터 다시 해 보였다. 하나의 원을 엄지와 검지를 이용해 두 개처럼 보이게끔 트릭을 쓴 거였다.

착시였다.

"선물이야."

그가 내 손바닥 위에 고무줄을 올려놓았다.

소미는 시험을 보러 학교에 가고 나는 트램을 타고 시내로 나갔다. 갈 곳을 정하지 않고 마음 가는 대로 그르노블 거리를 걸었다. 트램이 다니는 도시는 속도가 빠르지 않았다. 일정한 박자로 도시를 조율하는 것처럼 움직임이 매끄럽고 유연했다. 나는 바닥에 깔린 레일을 밟으며 도시를 가로질렀다.

어떤 사거리에서 할머니 둘이 손을 잡고 걸어가는 걸 보았다. 허리가 굽은 할머니는 몸이 불편한지 걸음이 매우 느렸다. 다른 할머니가 부축해서 건널목을 건넜다. 그들에게 눈인사를 건네자 그들도 미소 지으며 인사를 건네왔다. 미소 짓는 눈매가 닮아서 자매처럼 보였다. 사거리에서 그들은 건널목을 두 번 건넜고, 조금 가다 하나의 건널목을 더 건넜다. 나는 그들의 속도에 맞춰 뒤따라 걸었다. 그들의 뒷모습은 애틋하고 정겨웠다. 나에게도 언니가 있었다면, 오빠가 언니였다면…….

건너왔던 사거리를 다시 건넜다. 바람이 쌀쌀해 주머니에 손을 집어넣었고, 빗방울이 떨어져서 근처 박물관에 들어갔다. 그곳에서 세진에게 문자메시지를 보냈다.

—이제르강 근처에 있는 도피누아박물관이야. 비를 피하려고

들어왔어.

그르노블의 역사와 알프스에 관한 전시를 보고 나왔다. 관람 내내 세진의 답신을 기다렸다. 건너편에 있는 다른 박물관에 들어가 세진에게 또 문자메시지를 보냈다.

─그르노블박물관이야. 비가 그쳤어. 이제 나가려고.

박물관에 관심이 많은 사람이니까 답문을 보내올 거라고 생각했는데 세진은 너무 멀리 있었다. 파리에 도착한 첫날 샤를드골공항에서 전화를 걸었을 때 세진은 전화를 받지 않았다. 문자메시지를 보내도 답이 없었다. 세진은 천연기념물에 관한 원고를 쓰고 있었다. 역사와 미술사를 전공한 세진은 문화재 연구소에서 선임 연구원으로 일하길 바랐지만, 연구소에서는 외주 원고만 맡겼다. 모두 까다롭고 시간과 품이 많이 드는 원고뿐이었다. 세진은 점점 더 집에서 보내는 시간이 많아졌다. 나는 점점 더 밖에서 보내는 시간이 많아졌다. 언제부터였을까. 우리 부부는 텅 빈 트램처럼 고요하게 미끄러져 갔다. 뎅뎅뎅 소리도 없이 정거장을 지나치고는 했다.

박물관에서 나와 이제르 강변을 거닐었다. 고개를 숙이고 걷다가 강물 위에 어리는 산 그림자를 보았다. 걸음을 멈추고 고개를 들었다. 도시를 둘러싼 눈 덮인 산이 나를 내려다보는 것 같았다. 구름보다 높은 산봉우리가 내 안에서 솟구치는 감정을 지그시 눌러주고 있는 것만 같았다.

기숙사에 들어가자 가디언이 인자한 얼굴로 인사를 건네왔다. "하나! 꼬망 사 바(잘 보냈어)?" 나는 소미에게 배운 대로 "싸바(네, 좋았어요)!"라고 대답했다. 소미의 방으로 올라갈 때, 오빠가 가디언처럼 늙었으면 좋겠다는 바람이 스쳐갔다. 창문을 열고 주인 없는 빈방에 혼자 앉아 있었다. 찬 바람이 불었지만 우두커니 마당을, 그 너머 설산을 바라보았다.

그곳이 어디인지, 왜 가야 하는지도 모른 채 우리는 한밤에 트럭을 타고 서울을 떠났다. 눈길을 뚫고 달리던 트럭이 멈춘 곳은 지방 소읍의 간이역이었다. 쌓인 눈을 비질하는 역무원 뒤로 설산이 펼쳐진 작고 외진 곳. 역 뒤편에 철로 공사를 맡은 인부들이 쓰고 남긴 컨테이너가 있었다. 입구에 공사 도구와 검붉은 벨벳 소파가, 안쪽에 전기장판과 전기난로가 보였다. 부엌은 없었고 컨테이너 밖에 수도꼭지와 세면대가 있었다. 우리는 트럭에서 내린 것들을 컨테이너 안으로 옮겼다. 꼭 필요한 가재도구만 가져와서 다 들어가긴 했지만 입구가 좁아져 검붉은 벨벳 소파는 밖으로 내놓았다. 낡아서 반질반질한 그 소파를 옮기기 위해 아버지와 오빠는 힘을 썼고, 나는 소파가 나간 자리에 쌓인 먼지를 쓸어냈다. 아버지와 친분이 있는 역장이 찾아와 컨테이너 안을 둘러보더니 바닥에 스티로폼을 깔아주었다. 화장실은 역 안의 공중화장실을 사용하라고 일러주었다. 아버지는 그곳에 우리를 부려놓고 곧 오겠다는 말만 남긴 채 트럭을 타고 떠났다. 우리는 그때 열 살, 열다섯 살이었다.

오빠는 끼니때마다 라면을 끓였다. 언제나 오빠 혼자 식사를 준비했고 설거지도 직접 했다. 나는 오로지 그림만 그렸다. 그림을 그리고 있으면 오빠가 그릇에 라면을 덜어놓고 나를 불렀다. 우리는 접이식 원형 밥상에 마주 앉아 라면을 먹었다. 라면에 계란을 넣기도 하더라. 달걀을? 그래. 삶아서? 아니, 그냥 톡 깨서 넣더라. 비리겠다. 넣고 싶으면 말해. 먹어봤어? 학교 앞 분식집에선 그렇게 해줘. 맛있어? 넣는 것도 괜찮을 거 같아, 단백질이잖아.

오빠는 라면을 끓일 때 달걀을 흐트러뜨리지 않았다. 덩어리가 된 달걀을 내 그릇에만 담아주었다. 오빠는 한 번도 먹지 않았다. 나 역시 오빠에게 달걀을 양보하거나 반으로 나눠주지 않았다. 달걀의 반을 나누면 오빠와 내가 분리될까봐, 오빠에게 달걀을 넘겨주면 오빠가 나를 두고 떠나갈까봐, 꼬박꼬박 달걀을 혼자 다 먹었다. 그래야 오빠가 내일도 모레도 내 곁에 있을 것 같았다. 라면을 다 먹고 젓가락을 내려놓으면 오빠는 늘 이렇게 말했다. 하던 거 해.

매일 밤 오빠는 먼저 잠들었고 거의 매일 이를 갈았다. 나는 손가락으로 오빠의 벌린 입을 다물어주었다. 잠결에 입이 닫힌 오빠는 얼굴을 찡그리며 낮에는 볼 수 없는 짜증을 내곤 했는데 오빠의 이가 다 닳아 없어질까봐 나는 자꾸만 말을 걸고 싶어졌다. 끊어질 듯 말 듯 이어지는 이 가는 소리를 들으며 나는 기차처럼 생긴 이빨을 그렸고, 잠이 들면 꿈속에서 이빨처럼 생긴 기차가 칙폭 칙폭 소리를 냈다.

어둑어둑해진 방 안에서 상자에 든 누가를 꺼내 먹었다. 응축된 단맛이 느껴지자 입안에 침이 고였다. 한 입씩 베어 물 때마다 누가에 이빨 자국이 생겼다. 창문을 닫아야지 생각하면서도 몸을 일으킬 수 없었다. 소미가 들어와 전등을 켰을 때 누가 상자는 비어 있었다.

*

"오늘은 어디를 갈 거니?"

가디언이 물었다.

"샤모니에 갈 거예요."

"몽블랑을 보겠구나."

가디언이 노트 위에 몽블랑처럼 보이는 산봉우리를 스케치해주었다. 네가 좋은가봐, 소곤거리며 소미가 가디언의 스케치를 건넸다.

우리는 기차를 타고 안시로 갔고 그곳에서 카풀을 해서 샤모니에 도착했다. 퐁듀를 먹고 케이블카를 타러 가려는데 갑자기 눈발이 날리기 시작했다. 소미가 산 위를 올려다보았다.

"기상이 변했어. 저 위는 굉장하겠는데."

서둘러 케이블카 타는 곳으로 향했다. 매표소 앞에서 사람들이 되돌아 나오고 있었다. 그들의 표정은 허탈해 보였다. 매표소 창구의 직원은 고개를 내저었다.

"지금 올라간다고? 아무것도 안 보여. 저길 봐."

직원의 손은 꼭대기의 상황을 보여주는 네 개의 스크린을 가리켰다. 보이는 건 온통 눈보라뿐이었다. 마치 하얗게 줄이 간 고장 난 TV를 보는 것 같았다.

"어떻게 할래?"

소미가 걱정스러운 얼굴로 물었지만, 나는 이미 올라가기로 마음을 정했다.

"위로 올라갈수록 기상이 더 나빠질 거야. 사고가 날 수도 있어."

"그 정도면 케이블카가 운행을 안 할 거야."

"케이블카 타고 가는 중에 조난된 사람을 뉴스에서 본 적 있어."

"넌 여기 있고 싶어? 그럼 나만 올라갔다 올게."

"다음에 또 오면 돼. 그때 봐도."

"안 보인다잖아……."

소미의 눈동자가 흔들렸다. 우리는 평생지기여서 눈빛만 봐도 서로의 마음을 읽을 수 있었다. 내 말에 소미는 가고 싶어진 것이다. 우리는 다시 매표소 창구로 갔다. 되돌아간 사람들이 더 많았지만, 우리 말고도 케이블카를 타겠다는 사람들이 있었다. 그들은 나와 같은 생각이었을 것이다. 안 보인다는 건 대체 뭘까.

케이블카가 절벽과 절벽 사이를 지나갈 때였다. 얼음덩어리가 와다다닥 떨어졌다. 마치 거대한 통에서 쏟아붓는 것 같았다. 공간이 좁아지자 눈보라는 더 세차게 몰아쳤다. 사람들은 일제히 각기 다른 저마다의 신을 찾았다. 신의 이름이 절로 터져 나오는 광경은 섬뜩했다. "오, 하나님!" 소미도 내 팔을 붙잡고 소리 질렀다. 케이블카에 탄 사람 중 동양인은 소미와 나뿐인 것 같았다.

케이블카는 2,500미터 지점을 거쳐 목적지인 3,842미터 지점에서 멈춰 섰다. 문이 열리자 우리는 몽블랑이 보이는 쪽으로 걸음을 재촉했다. 먼저 올라온 관광객들은 매표소에 있는 사람들이 걱정하는 것만큼 불안해 보이지 않았다. 오히려 이 상황을 즐기는 것처럼 보였다. 들뜬 목소리로 환호성을 지르는 이들도 있었다.

오르막길에서 두 명의 남성이 우리에게 다가왔다. 한 사람은 백인, 다른 사람은 아랍계였다. 둘은 손을 꼭 잡고 사진을 찍어 달라고 부탁했다. 사진 두 컷을 찍자 아랍계 남성이 카메라를 받아 갔다. 둘은 팔짱을 낀 채 묘하게 친근한 미소를 날리며 떠났다. 소미가 그들의 뒷모습을 보며 옆구리를 쿡 쳤다. "연인이 야." "어, 알아." 나는 멀어지는 그들의 뒷모습을 눈에 담았다.

전망대가 있는 곳까지 우리는 잰걸음을 놓았다. 추위를 대비해 든든하게 입고 갔는데도 손발이 시렸다. 체감 온도가 영하 20도는 될 것 같았다. 전망대로 이어진 계단을 올라갈 때였다. 겨우 다섯 계단 올라갔을 뿐인데 호흡이 빨라졌다. 숨의 절반이 폐까지 이르지 못하는 것 같았다. 반으로 줄어든 숨을 가쁘게 몰아쉬는데 뒤에서 올라오던 소미가 고산병이라고 말했다. 뒤로 돌아 세 계단을 내려오자 구토가 치밀었다. 소미가 그런 나를 이끌고 주위를 두리번거렸다. 다행히 전망대 아래에 산장처럼 생긴 곳이 있었다. 겨우겨우 걸어서 안으로 들어가보니 카페였다. 그곳에 널브러진 채 숨을 가다듬었다. 지나가는 사람들이 근심 어린 얼굴로 한마디씩 했다. "빨리 내려가요, 내려가는 수밖에 없어요. 고산병은 그것밖에 방법이 없어요, 무조건 내려가야 해요." 하지만 나는 내려가고 싶지 않았다. 소미가 뜨거운 물을 받아 왔다. 물을 마셨더니 숨의 속도가 조금, 아주 조금 느려졌다. 온몸의 혈관이 오그라들면서 팽팽하게 조여왔다.

"조금만 참아. 20 - 30분 지나면 괜찮아질 거야."

소미가 등을 다독거렸다. 나는 숨을 헉헉거리며 뜨거운 물을 계속 마셨다. 어느 순간 손끝과 발끝의 혈관이 풀리기 시작했다. 숨의 빠르기는 고르게 돌아왔지만 다른 문제가 생겼다. 머리가 깨질 듯이 아팠다. 체온도 떨어졌다. 얼마나 지났을까. 머리는 계속 아팠지만 다른 증상이 잦아들어 일어설 수 있었다. 바닥이 느껴지지 않았지만 머리로, 감각이 아니라 배운 지식을 이용해 발을 내디뎠다. 한 발짝 뗄 때마다 몸이 휘청거리는 것 같았다.

"하나야, 너, 안나푸르나 못 가……, 거긴 여기보다 더 높아."

소미의 말은 이명처럼 들렸다. 나는 카페 바닥에 주저앉았다. 오빠한테 가고 싶은 마음을 은연중 내비친 걸까. 평생지기여서 눈빛만 보고도 알아챈 걸까.

"소미야, 여기가, 해발, 몇 미터지?"

"3842미터."

금방이라도 터져 나올 것 같은 재채기가 코와 목을 간지럽혔다. 크게 내지르면 뻥 뚫릴 텐데 주춤주춤 뜸을 들였다. 에, 엣, 에이-춰! 재채기가 터지자 웃음이 비어져 나왔다. 당황스럽게도 희열을 느꼈다. 너무 후련해서, 희열이 웃음으로 바뀌어 터져 나오는 것 같았다. 숨이 넘어갈 듯 좀처럼 웃음을 멈출 수가 없었다. 나는 안나푸르나에 갈 수 없었다. 고산병으로 알게 된 내 몸의 한계는 3842미터, 여기까지였다.

카페 의자에 등을 기대고 창밖을 내다보았다. 눈보라 속에서도 사람들은 사진을 찍으며 웃고 있었다. 손이 시릴 텐데. 언젠가 오빠가 몽블랑 봉우리를 찍은 사진을 보내온 적이 있었다. 그날도 날씨가 좋지 않았는지 몽블랑은 희미하게 형체만 보였다. 오빠는 여기에서 무엇을 보았을까.

"저 산을 그려봐. 날마다 조금씩 달라져."

그때 간이역을 둘러싼 산을 바라보며 오빠는 산이 좋다고 말했다. 나는 오빠 말대로 매일 달라지는 산을 그렸지만, 간이역에서 아버지를 기다리는 건 지루하고 지겨워서 끈기가 필요했다. 그렸던 그림 위에 다른 그림을 그리고 다시 또 그려서 까맣게 채워질 때까지 아버지는 돌아오지 않았다. 기차가 정차하는 시간에 맞춰 간이역에 나가는 게 우리의 유일한 일과가 되었다. 기차에서 내리는 사람은 언제나 아버지가 아니었지만 매번 비슷한 사람만 봐도 가슴이 뛰었다. 하루는 간이역에서 풀이 죽어 있는 내게 오빠가 말했다.

"숫자 세기 놀이 할래?"

오빠는 기차가 들어올 때마다 4호실에 탄 사람들의 수를 세자고 했다. 재미없을 것 같았지만 안 하는 것보다는 나을 것 같아서 하자고 했다. 상도 없고 벌도 없는 놀이를 우리는 한밤에도 계속했다. 오빠가 센 수와 내가 센 수는 대체로 일치했다. 정답을 모르니 누가 이겼는지 알 수 없었지만, 오빠와 함께라면 누가 이기든 상관없었다. 같이 할 수 있는 놀이가 있다는 것만으로도 좋았는데 언젠가부터 4호실에 탄 사람들의 수가 달라지기 시작했다. 한두 번도 아니고 매번 오빠가 센 수가 나보다 더 많았다.

"내가 너보다 키가 크잖아. 너는 볼 수 없는 데가 나한테는 보여."

그날, 오빠가 역 안에 있는 화장실에 들어간 사이 기차가 들어왔다. 나는 화장실 쪽을 흘낏거리며 기차 가까이 다가갔다. 알고 싶었다. 오빠에게 보이는 게 왜 나한테는 보이지 않는지. 기차에 올라타 4호실에 탄 사람들의 수를 셌다. 중간쯤 세다가 간이역에서 탄 사람들과 섞이는 바람에 처음부터 다시 셌고, 놓친 사람이 없는지 한 번 더 세어보았다. 기차가 움직이기 시작했지만 느끼지 못했다.

"하나야! 이하나!"

기차 밖에서 오빠가 내 이름을 외치며 달려왔다. 멍하니 오빠를 바라보다가 나는 기차에서 뛰어내리려고 했다. 달리는 기차 밖으로 뛰어내리려는 나를 보자 오빠가 달리기를 멈췄다. 오빠가 멈추자 나도 멈췄다. 기차는 터널을 향해 질주했다. 아마도 나는 그때 터널 안으로 들어가는 기차를 처음 타보았는지도 모른다. 터널 안으로 기차가 빨려 들어가자 숨을 참으며 두 눈을 감았다.

"괜찮아?"

눈앞에서 소미가 쇼핑 봉투를 흔들었다.

"얼음덩어리 맞아가며 올라왔는데 기념품은 챙겨야지."

소미가 건넨 기념품은 샤모니의 사계절이 담긴 엽서와 스노볼이었다. 스노볼을 흔들자 꽃잎 같은 눈송이들이 흩어지면서 날렸다. 마구 흩날리다가 슬로 슬로 가라앉았다. 스노볼 안에 우리가 올라온 봉우리가 보였다.

"이게 뭐지?"

봉우리 꼭대기에 붙은 노란 조각을 가리켰다.

"에귀유 듀 미디, 정오의 바늘. 지금 우리가 있는 곳."

소미가 스노볼을 손바닥 위에 올려놓았다.

"잘 봐. 초승달처럼 보이지? 끝이 뾰족해서 바늘처럼 돼 있잖아. 해가 중천에 뜨면 이 바늘에 그림자가 생긴대."

"그림자는 안 보이는데."

"지금은 안 보여. 그림자는 날이 맑아야 볼 수 있는데, 날이 너무 맑으면 케이블카가 운행을 안 해."

너무 맑으면…… 어째서였을까. 나는 그 말에 고개를 끄덕였다.

"날씨가 너무 맑으면, 눈이 녹아서 산사태가 일어난대."

여기에도 그림이 있구나. 무수히 많은 그림이 눈가루로 흩날리는구나. 나는 파리 전시회보다 여기가 더 좋다고, 다음에 또 오고 싶다고 말했다. 소미가 한 손으로 턱을 괴고 내 눈을 빤히 들여다보았다.

"하나야, 나는 네 그림이 좋아, 정말 좋아. 오빠도 네 그림을 참 좋아했는데……."

잊을 만하면 이렇게 불쑥, 소미는 내가 그림을 그리는 사람이었다는 걸 상기시켰다. 더 늦기 전에 다시 시작하라고 독려했다. 그림만 그리며 살았던 시절이 있었다. 하지만 지금은 다른 사람이 그린 그림으로 책을 만들고 있다. 그뿐이다. 나는 못 들은 척 창밖으로 눈길을 돌렸다. 너는 모른다. 한 우물만 파던 사람이 삽을 내던지고 파다 만 우물을 바라보는 심정을. 내가 미대에 합격하자 오빠는 대학을 휴학하고 돈을 벌기 시작했다. 학원가에서 수학을 가르쳤던 오빠 덕분에 미대 4년을 무사히 마칠 수 있었다. 하지만 내가 졸업한 후에도 오빠는 복학하지 않았다. 돈을 모아 여행을 떠났고, 돈이 떨어지면 다시 돈을 모아 떠났다.

"소미야, 오빠도 여기에 왔었지?"

소미는 놀란 것 같았다. 금세 표정이 굳었다.

"어, 어떻게 알았는지 연락을 하셨더라. 하지만 같이 온 건 아니야."

"알아. 사진을 봤어."

"알아?"

소미의 말투가 뾰족해졌다.

"아니, 여기 혼자 온 거."

"아……."

소미의 말은 끊어졌지만 나는 뒷말을 재촉하지 않았다. 누군 가 카페 바닥에 커피를 쏟았는지 진한 커피 향이 퍼지면서 동시 에 알아들을 수 없는 언어들이 들려왔다. 창문 밖으로 하얗고 단 단한 벽처럼 보이던 것들이 뿌옇게 풀어지기 시작했다. 거칠게 퍼붓던 눈발이 조금씩 느려지고 줄어드는 것 같았다.

우리는 기념품을 챙겨 들고 카페를 나섰다. 눈 덮인 산의 형상 이 아슴아슴 어른거렸다. 위로 갈수록 짙은 안개처럼 보이던 것 들이 더 심해졌다. 내리는 눈발 속에서 발이 푹푹 빠지는 눈을 밟으며 사진을 찍었다. 카메라가 손에서 자꾸만 미끄러졌다. 한 번도 등을 보여준 적 없는 사람의 정면은 왜 보기도 전에 눈이 뜨거워지는 걸까. 순백의 설원이 보이는 사각의 창에서 오빠를 보았다. 오빠는 그곳에서 나를 바라보고 있었다. 고개를 젖히고 혀를 내밀어 떨어지는 눈송이를 받아먹었다. 눈물보다 싱겁고 바람보다 부드러운. 녹아내리는 것들이 나를 베고 지나갔다. 나 는 사각의 창, 밖에 있었다. 오빠가 보는 창밖에서 천천히 내리 는 눈이었다.

공포는 믿었던 것들로부터 배반당할지도 모른다는 불길함에 서 오는 것일지도 모른다. 내가 처음으로 공포를 느꼈던 것은 오 빠가 기차에 탄 나를 보고 달려오다 달리기를 멈췄을 때였다. 터 널은 길었지만 끝이 있었고, 미리 연락을 받은 역무원이 다음 역에서 나를 기다리고 있었다. 기차에서 내리자 눈이 내리기 시작했다. 대합실에서 눈이 내리는 걸 지켜보다가 밖으로 나가 손바닥으로 눈을 받았다. 간이역은 정차하는 기차보다 통과하는 기차가 더 많았다. 오빠가 탄 기차는 금방 오지 않았다. 4호실이 멈춰 선 지점에서 오지 않는 오빠를 기다렸다. 그때 보았다. 철로에 눈이 어떻게 쌓이는지, 바람이 눈발을 어떻게 가르는지, 부서진 눈발이 어떻게 모이는지, 쌓인 눈이 녹아 어떻게 사라지는지, 그리고 눈에도 그림자가 있다는 걸. 눈발이 눈썹 위, 옷깃 안, 신발 위, 주름이 접힌 곳, 머물 수 있는 곳마다 침입해 들어왔다. 눈에 젖을수록 얼얼한 몸이 열을 냈지만 정신은 더 또렷해졌다. 역무원이 우산을 들고 나왔다.

"오빠가 올 거예요. 여기 있어야 찾을 수 있어요."

오빠는 아버지처럼 늦지 않을 거라고, 분명히 나를 데리러 올 거라고 믿었다. 역무원이 우산을 주고 갔지만 쓸 수 없었다. 우산을 쓰면 오빠가 나를 찾지 못할까봐 두려웠다. 울지 않으려고 이를 악물었다. 턱이 덜덜거렸다.

다음번 기차를 타고 오빠는 왔다. 눈사람이 되어 있는 내 앞에 오빠는 화가 난 얼굴로 서 있다가 어느 순간 몸을 굽히더니 점점 낮아졌다. 한쪽 무릎만 꿇었으면 꽃이라도 바치는 것처럼 보였을 테지만, 오빠는 양쪽 무릎을 모두 바닥에 붙였다. 주먹으로 눈물을 훔쳤다. 내 것이 아닌 것처럼 온몸이 바들바들 떨렸다.

우산을 폈다.

*

　케이블카 안에서 소미와 나는 서로에게 몸을 기댔다. 내려가
는 게 더 힘든 이유는 올라갈 때 느꼈던 공포를 복기하면서 또다
시 그 공포와 맞닥뜨려야 하기 때문이었다. 그것은 똑같은 방식
으로 오지 않았다. 얼음덩어리는 더 커졌고 바람은 한 방향으로
불지 않았다. 몸이 기울어지면 뒤를 돌아보았다. 내가 아니라 설
산이 뒤로 물러나는 것처럼 보였다. 케이블카가 승강장에 멈춰
섰을 때 우리는 어깨를 감싸고 서로의 등을 토닥여주었다. 발을
구르며 신발에 묻은 눈을 털어냈다.
　카페를 찾아 두리번거리다 'Blue Bird'라는 간판을 보았다. 간
단한 토스트와 음료를 파는 가게였다. 파란색 눈동자에 키가 크
고 마른 남자가 우리를 반겼다. 그는 팬에 버터를 녹여 빵을 굽
고 달걀을 스크램블로 만들어 빵 위에 얹어주었다.
　"샤모니 소인이 찍힌 엽서를 부쳐야지. 너도 써."
　소미가 샤모니의 사계절이 담긴 엽서를 테이블에 펼쳐놓았
다. 나는 누구에게 쓸지 마땅히 떠오르는 사람이 없었다. 엽서를
보낼 사람이 없다고 하자 소미가 아버지의 건강을 물었다. 나는

많이 좋아졌다고, 시골생활에 적응한 것 같다고 말했다.

"명절엔, 내려가?"

소미가 조심스레 물었다. 나는 고개를 저었다.

"새어머니 딸들이 애들까지 데려오니까 집이 좁아. 앉을 데도 없어."

엽서는 오빠에게 쓰고 싶었지만 소미 앞에서는 쓰고 싶지 않았다. 아버지에겐 한 줄의 문장도 쓸 수 없었다. 새어머니의 딸들이 차지한 그 집처럼 아버지에게 건넬 말은 그들이 모두 가져간 것 같았다.

세진에게 엽서를 보낸다면 집에는 열흘쯤 후에 도착할 것이다. 신혼 초에 그런 엽서를 보낸 적이 있었다. 그 엽서가 도착하던 날, 오빠가 집으로 찾아왔다. 세진과 같이 마신 술이 과했는지, 아니면 작정하고 찾아왔는지 오빠는 그날 평소보다 말이 길었다. 오빠는 내가 그림을 그리지 않고 출판사에 다니는 걸 못마땅하게 여겼다. 그게 다 세진 때문이라고 생각하는 것 같았다. "하나가 그림에 전념할 수 있게, 외조에 신경을 써줬으면 좋겠어요." 오빠의 당부에 세진의 얼굴이 붉으락푸르락하게 변했다. 오빠가 가고 난 뒤에도 세진은 남은 술을 더 마셨다. 주방을 정리하고 있을 때 등 뒤에서 현관문이 닫히는 소리가 들렸다. 담배를 피우러 나갔겠거니 싶었는데 늦도록 세진이 들어오지 않았다. 거실 창밖으로 놀이터 벤치에 앉아 있는 세진의 모습이 보였다.

겉옷을 걸쳐 입고 놀이터로 나갔다. 세진은 내가 나올 때까지 기다렸는지 나를 보자 벤치에서 일어났다. 바지 주머니에 양손을 집어넣고 똑바로 선 채 물었다. "정말 나 때문이야?" 나는 아니라고 했다. "친오빠가, 맞긴 해?" 뜬금없었지만 나는 질문의 의도를 알고 있었다. 그래서 더 말이 급하고 높게 튀어나왔다. "오빠와 난 다른 남매들과 달라. 더 각별해. 전에도 말했지만 그게 왜 당신한테 문제가 되는 거지?" "나만 이상한 사람 만들지 마. 문제는 당신 오빠가 당신을 다르게 본다는 거야." "뭘 상상하든 당신 자유야. 나도 오빠가 친오빠가 아니었으면 좋겠어. 이 말이 듣고 싶은 거야?" 그렇게 싸우고 집으로 들어갈 때, 내가 여행지에서 보낸 엽서가 우편함에 꽂혀 있었다. 세진이 그 엽서를 먼저 봤다. 거기엔 신혼 초에 여행을 떠난 아내가 남편한테 쓸 수 있는 다정한 글자들로 빼곡했다. 엽서를 읽는 세진의 얼굴에 기묘한 표정이 떠올랐다 사라졌다. 당혹과 허탈, 분노가 풀어지는 것 같으면서도 더 단단하게 서리는.

"맛이 어때요?"

블루버드의 주인이 물었다.

"아주 좋아요. 정말 맛있어요."

소미가 대답했다. 블루버드의 주인은 그럴 줄 알았다는 듯 어깨를 으쓱거렸다. 그는 미국 사람이고 샤모니에 온 지 3년이 넘었다고 했다.

"왜 여기에 있어요?"

내가 물었다. 그는 산이 좋아서 여기에 있다고 말했다.

"두 사람은 여기 어때요?"

"좋아요!"

"좋죠?"

파란색 눈동자가 환해졌다. 블루버드를 나오기 전 그에게 함께 사진을 찍을 수 있는지 물었다. 그는 흔쾌히 내 옆에 섰다. 소미가 카메라를 들었다. 나는 입을 다문 채 양쪽 입가에 힘을 주었다.

*

소미의 엽서를 받았다. 샤모니의 설산이 인쇄된 뒷면에 소미가 그린 또 다른 산이 있었다. '꼬망 사 바' 글자가 켜켜이 쌓인 산. 오빠의 엽서와 소미의 엽서는 포개진 채 스노볼을 넣어둔 책장 안에 꽂혔다. 세진은 '파리국제도서전'에 관해 묻지 않았다. 나는 샤모니에서 겪은 고산병에 대해 말하지 않았다. 간혹 심심하면 가디언이 준 고무줄로 트릭을 부렸다. 그르노블과 샤모니에서 본 것들을 스케치했다. 세진도 심심한지 자주자주 문화재 답사를 떠났다.

그림책 시리즈가 세트로 재출간되면서 출판인협회에서 주는 '우수 편집자상'을 받았다. 시상식 날 세진은 선약이 있다고 했다. 자정이 넘은 시각에 귀가한 세진은 수고했어, 축하해, 미안해까지는 아니더라도 시상식은 잘했어? 정도도 묻지 않았다.

"괜히 눈치가 보이더라. 출판사 사람들이 당신 또 답사 갔냐고 물어보니까."

내 딴에는 투정 부리듯 가볍게 지나가려고 꺼낸 말이었다.

"그럼 어떡해? 중요한 모임이 있는데. 당신도 같이 가야 하는 모임이었어. 마찬가지야."

세진의 얼굴에 짜증과 피곤이 깃발처럼 펄럭거렸다. 나는 세진과 눈이 부딪혔지만 입을 닫았다. 세진도 나도 투정을 받아줄 상태가 아니었다. 그렇게 한 걸음 물러섰는데, 세진이 들어간 욕실에서 뭔가 깨지는 소리가 들렸다. 그 순간 얼어붙은 강바닥이 갈라지듯 내 안에서도 쩍 소리가 났다.

잠이 오지 않는 밤이면 잠든 세진의 등을 본다. 세진은 이를 갈지도 코를 골지도 않는다. 숨소리에 맞춰 어깨가 미약하게 들썩일 뿐. 규칙적으로 오르락내리락하는 어깨를 보고 있으면 나의 숨도 들썩인다. 뭔가를 깨야 한다면, 뭔가가 깨져야 한다면……. 천천히 책장 앞으로 걸어가 스노볼을 꺼냈다. 욕실 문을 열고 거울을 향해 스노볼을 던졌다. 눈꽃 같은 거울의 파편들이 흩어지면서 날렸고 마구 흩날리다가 불빛을 받아 빛으로 쏟아졌다. 불꽃이 터진 것처럼 눈이 부셨다. 나는 노란 조각 위에 서 있었다. 해가 중천에 떴지만 그림자는 보이지 않았다.

공주

아침 일찍 교회에 간 규가 문자메시지를 보내왔다. 어탕국수를 먹으러 가자고 했다. 일요일 점심은 부모님과 함께 교회 근처에서 먹곤 했는데 별일이었다. 답문을 보내려다 퍼뜩 떠오르는 게 있어 캘린더 앱을 열었다. 오늘은 규의 아버지가 고희연을 하는 날이었다. 그 소식을 전해준 사람은 규의 제수인 지후 엄마였다. 알고는 계셔야 할 것 같아서요, 에서 시작한 문장이 꼭 오세요, 로 끝난 짧지도 길지도 않은 문자메시지였다. 지후 엄마는 그때도 여전히 나를 형님이라고 불렀다. 캘린더 앱에 저장한 일정은 고희연 위에 하나가 더 있었다. 매년 영구 반복으로 설정해둔 엄마의 생일.

규가 즐겨 찾는 어탕국숫집은 영등포 롯데백화점 지하에 있었다. 먼저 도착한 규는 이어폰을 끼고 워크맨의 버튼을 조작하느라 내가 다가가는 걸 알아채지 못했다. 점퍼 주머니에 아이폰을 넣어두고 카세트테이프로 음악을 듣는 규의 모습을 한동안 지켜보았다. 규는 영등포역 쪽을 힐끔 보다가 뒤늦게 나를 발견했다.

규는 어탕국수를, 나는 어탕밥을 시켰다.

"면발에서 밀가루 맛이 나. 덜 끓였나봐."

주방장이 바뀐 걸 알아챈 규가 국수 맛이 달라졌다고 투덜거렸다. 나는 대꾸 없이 어탕밥을 앞 접시에 덜어 먹었다.

"밥에 시래기가 더 많이 들어갔네. 국수에는 시래기가 얼마 없어."

말은 그렇게 하면서도 규는 땀을 흘리며 국수 한 그릇을 다 비웠다.

"후식은 위에 올라가서 도넛 먹자."

규는 다디단 설탕 시럽을 씌운 크리스피 크림 오리지널 도넛을 좋아했다. 도넛 매장의 위치는 영등포역 2층 매표소 맞은편이었는데, 백화점 3층에 그곳과 연결된 문이 있었다. 나는 커피만, 규는 커피와 도넛을 주문했다. 유리 벽 앞에 놓인 스툴에 앉았더니 영등포역 대합실이 한눈에 들어왔다.

"온 김에 쇼핑할 거 있으면 하고 와."

규가 턱짓으로 백화점 쪽을 가리켰다.

"세일 중도 아닌데 뭘, 없어."

규는 고희연에 대해서 말하지 않았다. 나는 먼저 말을 꺼낼까 하다가 그만두었다.

"노숙자들이 안 보인다. 전에는 저기에 다 모여 있었는데."

규가 구두 닦는 가게 뒤쪽을 가리켰다.

"언제 적 얘길 하는 거야, 오래됐어."

규는 고개를 빼고 대합실 주변을 두리번거렸다. 나는 승강장 쪽으로 다급하게 뛰어가는 사람들을 바라보다가 무심코 내뱉었다.

"기차 타고 싶다."

"타!"

"탈까?"

우리는 서둘러 매표소로 갔다. 머릿속으로 KTX를 타면 고희연 전까지 부산도 왕복할 수 있겠다는 계산이 섰고, 또 좀 늦으면 어때, 하는 마음도 있었다. 창구 앞에 기다리는 줄이 길어서 자동 매표기를 이용했다. 영등포역에서 출발하는 기차 중 좌석이 남아 있는 건 ITX 천안행뿐이었다. 호기롭게 오긴 했지만 막상 표를 끊으려니 신이 나지 않았다. 규가 그런 내 기분을 알아차렸다.

"왜, 천안 싫어? 어디든 기차만 타면 되잖아."

"아니, 그런 게 아니라……."

딱히 가고 싶은 데가 있는 건 아니었지만 충청남도엔 가고 싶지 않았다. 친척 중 대부분이 그 지역에 살아서 이왕이면 모르는 곳, 안 가본 곳에 가고 싶었다. 매표기의 화면을 뒤로 돌려가며 몇 번이나 다시 알아봤지만 남은 좌석은 밤 시간뿐이었다. 천안행도 남은 좌석이 두 장뿐이었다. 그마저도 빨리 구매하지 않으면 놓칠 것 같았다.

"산다, 살 거지?"

규의 채근에 나는 어쩔 수 없다는 듯 고개를 끄덕였다. 규는 매표기에서 나온 두 장의 표를 자신의 점퍼 주머니에 넣었다가 다시 꺼내 나한테 주었다. 승강장으로 앞서 내려가는 규의 발걸음은 가벼워 보였다.

"아까 내가 표 줬지?"

"응, 사자마자 줬어."

"어디 봐봐."

두 장의 표를 꺼내 보여준 뒤 한 장을 건넸지만 규는 받지 않았다. 두 장 다 한 사람이 가지고 있는 게 편하다고 했다. 기차에 올라타 좌석을 확인할 때 두 개의 좌석이 붙어 있지 않고 멀찍이 떨어져 있다는 걸 알았다.

"왜 그걸 못 봤을까. 그것부터 봤어야 했는데. 이러면 따로따로 앉아서 영화 보는 거랑 똑같잖아. 나, 진짜 바보 같다. 그치?"

경험상 대꾸하지 않아도 되는 질문이었다. 바보같이 보일까 봐 선수를 치는, 미리 알았어도 어쩔 수 없는 선택이었다고, 바보처럼 보지 말라는 뜻이었으니까. 좌석은 두 장 모두 통로석이었다. 첫 번째 좌석은 창가 쪽에 양복 입은 남성이 한쪽 다리를 다른 쪽 허벅지에 올린 채 눈을 감고 있었다. 두 번째 좌석은 창가와 통로석 모두 비어 있었다. 규가 첫 번째 좌석에, 내가 두 번째 좌석에 앉았다. 나는 오히려 잘됐다 싶었다.

작년에 파주에 있는 출판사를 퇴직하고 외주 편집 일을 시작했을 때는 시간이 여유로워질 줄 알았다. 책도 읽고, 운동도 하고, 여행도 자주 다닐 줄 알았다. 하지만 업체에서 외주 편집자에게 의뢰하는 일은 대부분 일정이 촉박해서 주말에도 일에 얽매일 때가 많았다. 오랜만에 떠나는 기차 여행이어서 혼자 오붓하게 즐길 셈이었는데…… 기차가 출발하자 규가 옆 좌석으로 와 앉았다.

"이 사람 언제 탈까? 안 탔으면 좋겠다."

나는 허탈감을 감추며 핸드백에서 캐러멜을 꺼냈다. 출발 전 편의점에 갔다가 마침 규가 좋아하는 웨더스 캐러멜이 있어 사둔 것이다. 규는 좋아하는 음식이 정해져 있었다. 언제부터 그렇게 되었는지 모르지만 찾아가는 음식점과 주문하는 메뉴의 패턴이 같았고, 처음으로 먹게 되는 음식은 주변의 평판에 의지했다. 대부분 믿을 만한 지인이 추천하는 걸 먹었는데 먹고 나서 입맛에 맞지 않으면 "이게 맛있다는 거지? 그 사람 취향 참 독특하네" 하고 다시는 먹지 않았다.

규는 안 먹어본 음식에 도전하는 나를 과감하다고 했다가, 이 상한 사람이라고 했다가, 아무거나 막 먹는 사람처럼 쳐다보기도 했다. 닭발을 어떻게 먹어? 어떻게 먹긴 입으로 맛있게 먹지. 중국집에서 왜 냉면을 먹어? 중국식 냉면이니까 중국집에서 먹지. 그럼 고깃집에서 먹을까? 커피믹스 그만 먹어. 내가 핸드 드립 해준다잖아. 싫어. 이게 카페인이 더 많이 들어 있어. 졸릴 땐 이게 최고야. 규는 내 외모나 취향, 생활 태도, 경제활동 같은 건 뭘 해도 신경을 안 썼는데 유독 먹는 것에 참견이 많았다.

옆 좌석의 주인은 다음 역인 수원역에서 탔다. 체구가 작고 마른 여성이었는데 앉자마자 팔짱을 끼고 눈을 감았다. 규는 웨더스 캐러멜 한 개를 더 입에 넣고 제자리로 돌아갔다. 창밖의 풍경을 보려면 팔짱 끼고 눈 감은 여성의 뒤편으로 볼 수밖에 없었다. 봄인데, 개나리가 활짝 폈을 텐데, 빠른 곳은 벚꽃도…… 목련은 벌써 지고 있던데…… 언제부터였을까. 꽃이 피는 게 보인다. 꽃샘추위가 지나면 꽃이 만개할 날이 오리라는 걸 안다. 만개하면 나무 아래에서 꽃들을 올려다본다. 목련, 벚꽃, 라일락, 아카시아 순이다. 안 보이던 것들이 보이기 시작한다. 보이던 것들은 안 보이기 시작할 것이다.

"여기 와 본 것 같아. 초등학교 다닐 때였나? 엄마가 점심을 사줬어. 우동이나 국수였겠지. 그때는 역이 이렇게 크지 않았는데."

규가 천안역 승강장을 두리번거렸다. 나는 규에게 이제 어떻게 할 거냐고, 다시 서울로 올라갈 거냐고 물었다.

"왔으면 천안 땅은 밟아야지."

앞장서 걷는 규의 뒷모습을 따라가다가 문득 어렸을 때 찍은 사진이 떠올랐다. 엄마와 같이 현충사 현판 아래에서 찍은 사진이었다. 양 갈래로 머리를 묶은 어린 나와 양산을 든 젊은 엄마의 모습. 그 사진의 배경을 기억하는 사람은 큰오빠뿐이었다. "공주 외갓집 가는 길에 엄마가 충무공, 거북선, 뭐 그런 걸 보여주려고 들렀어. 역사 교과서에 임진왜란이 나왔거든. 일종의 선행학습."

멀지 않은 곳에 현충사가 있을 텐데…… 생각하면서 나는 규의 뒤를 쫓았다. 규가 천안역을 뒤에 두고 왼쪽 길로 걷다가 횡단보도 앞에서 다시 오른쪽으로 방향을 틀었다. 그 방향으로 쭉 걸어가다가 먼지를 뒤집어쓴 동백나무를 보았다. 잎사귀는 분무기로 물을 뿌려 한 잎씩 닦으면 금방이라도 윤이 날 듯한데, 꽃잎은 힘없이 축 늘어져 있었다. 규의 걸음과 내 걸음이 점점 벌어지더니 20미터 이상 차이가 났다. 규가 주위를 둘러보다가 내 쪽을 향해 크게 말했다.

"사람이 하나도 없어. 어떻게 이럴 수가 있지? 유령도시 같아. 근데 차들은 지나다니네?"

규의 뒤에서 흰색 승용차가 내 쪽으로 달려오고 있었다. 차창 밖으로 소매를 걷어 올린 팔이 나오더니 손바닥을 활짝 폈다. 하이파이브……? 그 뒤로 검은색 승용차가 이어서 달려왔다. 짙게 선팅한 두 대의 승용차가 빠르게 내 옆을 지나갔다.

"규, 나랑 하이파이브할래?"

규는 손바닥을 활짝 편 채 양팔을 좌우로 크게 흔들어 보였다. 길거리에 혼자 서서 우스꽝스럽게 손을 흔드는 규를 보자 이상하게 숨통이 트이는 기분이 들었다. 작은 웃음이 터졌다.

찻길 건너편에는 농업용 기계와 부품을 파는 가게들이 보였다. 간판 아래 셔터가 모두 내려와 있었다. 규가 휴대폰을 들여다보며 좌우로 몸의 방향을 돌렸다. 구글 지도를 켜고 어딘가를 찾는 모양이었다.

"시장 구경 갈래? 여기서 조금만 가면 남산중앙시장이래."

뭐라 대답하기도 전에 규가 골목 안으로 성큼 걸어 들어갔다.

"꽈배기를 꼭 먹으래. 거기는 그게 제일 유명하대."

구글 지도의 빨간색 점을 향해 규는 앞에서, 나는 뒤에서 걸었다.

아케이드형 시장 안에는 사람들이 북적거렸다. 규는 사람들이 다 여기에 있었네, 중얼거리며 지도가 가리키는 방향으로 걸어갔다.

"여기 사장이 대기업에 다녔는데 그만두고 연고지도 없는 천안에 와서 꽈배기 장사를 시작했대. 꽈배기 하나로 해외에도 지점을 냈대. 서울에도 있는데 여기가 원조래."

그새 검색 엔진을 돌려본 규의 말이었다. 마침내 도착한 꽈배기 가게 앞에는 기다리는 사람들의 줄이 길었다. 규는 등산복을 입고 개의 목줄을 쥐고 있는 남성 뒤에 섰다. 규는 개를 보자마자 쪼그리고 앉아 개의 머리와 등을 쓰다듬었다. 양쪽 귀 옆에 솜사탕 같은 털이 달린 희고 깨끗한 개였다.

"만져도 되죠?"

이미 만졌으면서, 손을 거두지도 않은 채 규가 목줄을 쥔 남성에게 물었다.

"그럼요. 사람 좋아해요."

그 개는 정말 환장할 정도로 규를 좋아했다. 뒷발로 서서 깡충대며 까불더니 규의 코를 핥기 시작했다. 규는 개의 긴 혀가 날름거릴 때마다 눈을 감고 얼굴을 대주었다. 힐끗 보니 목줄을 쥔 남성의 표정이 놀람에서 당황으로 바뀌고 있었다. 조금 뒤 골프복을 입은 여성이 나타나 개를 번쩍 들어 품에 안았다.

"저러니 줄이 안 줄지. 주문받는 사람이 느려 터졌어. 초짜인

가봐."

여성이 개를 품에서 들어 올리자 어깨 위로 개의 얼굴이 드러났다. 뒤에 서 있는 규를 알아본 개가 앞발을 내밀었다. 규가 고개를 앞으로 숙이고 얼굴을 들이밀자 또다시 규의 코를 핥았다. 등을 돌린 여성은 그 상황을 모르고 있었는데, 옆에서 보던 남성이 여성에게 알려주었다.

"난 줄 아나봐. 자꾸 뒤에 있는 사람 코를 핥아. 그만해!"

남성이 개의 목줄을 손에 감더니 순식간에 잡아당겼다. 마치 잽을 얻어맞은 것처럼 개의 머리가 옆으로 돌아갈 때, 나는 개의 눈을 봤고 규는 한 발짝 뒤로 물러섰다. 겁먹은 개는 여성의 품 속으로 파고들었다.

꽈배기를 주문받는 사람은 초짜처럼 보이지 않았다. 그저 성격이 느긋해 보였다. 충청도 토박이일 수도 있겠다 싶었다. 꽈배기 두 개만 사라는 규의 말을 무시하고 나는 꽈배기 네 개와 팥도넛 두 개를 샀다.

"맛만 보면 되지, 하여간 욕심은."

"그러는 넌, 식혜는 왜 샀는데?"

규는 식혜가 담긴 생수병을, 나는 꽈배기와 팥도넛이 든 비닐봉지를 들었다. 가게 앞 횡단보도를 건너 시장에서 멀어지면서 또다시 한적한 길 위에 섰다. 우리는 꽈배기를 손에 들고 애들처럼 먹으면서 걸었고, 줄을 괜히 서는 게 아니었어, 감탄하면서 입가에 묻은 설탕을 털어냈다.

길가에 있는 벽돌 위에 규가 궁둥이를 붙이고 앉았다. 벽돌은 앉기 좋게 평평했고 햇볕을 받아 따뜻했다. 앉자마자 궁둥이에 온기가 전해졌다.

"들어가볼까?"

규가 건너편에 있는 초등학교를 가리켰다.

"초등학교 함부로 들어가면 안 돼. 의심받아."

"그런가? 근데 일요일이잖아. 애들도 없을 텐데."

"수위가 있을 거야. 괜히 번거롭게 하지 말고 그냥 여기 있어."

"예전엔 초등학교 운동장 아무나 막 들어갔는데."

"왜? 또 운동장 한가운데서 음악 들으려고?"

"응, 이어폰으로 들어도 안 될까?"

"그냥 여기서 들어."

워크맨을 켜놓고 우리는 앉은자리에서 꽈배기와 팥도넛을 야금야금 다 먹었다. 규는 생수병에 든 식혜를, 나는 규의 가방에 든 생수를 꺼내 마셨다. 규의 휴대폰은 계속 진동 중이었다. 나는 규의 가족이 왜 그렇게 끈질기게 전화하는지 알고 있었지만 모른 척했고, 규는 진동이 울릴 때마다 자세를 고쳐 앉았다. 점퍼 주머니 밖으로 휴대폰이 삐죽 튀어나온 줄도 모르고. 규가 전화를 안 받자 이번에는 나한테 문자메시지가 왔다. 지후 엄마였다. 고희연에 오는 교통편을 친절하게 알려주는 내용이었다. 전에 받은 문자메시지의 끝에는 말줄임표뿐이었는데, 이번에는 물결표 뒤에 눈웃음 표시가 붙어 있었다. 지후가 올해 일곱 살이니까, 6년 전 규의 집안에 처음 인사를 드리러 갔을 때 지후 엄마는 임신 중이었다. 만삭의 몸으로 서슴없이 나를 형님이라고 불렀다. 그래, 지후 엄마의 행동과 말에서 이질감이 느껴진 건 첫 만남부터였다. 지후 엄마가 나를 찾는 데에는 다른 속내가 있었다. 시부모가 세상을 떠난 뒤 규가 혼자 남으면, 더욱이 규의 알코올중독이 재발한다면, 규의 존재가 지후의 장래에 부담이 될 수도 있다는 걱정을 지후 엄마는 진작부터 하고 있었다. 그것은 내가 짐작할 수 없는, 짐작해도 뭐라 할 수 없는, 이제는 나와 상관없는 타인의 걱정이었지만, 언젠가 헤아려본 적은 있었다. 나라면 달랐을까, 나라면……

"슬슬 올라가야지."

무릎을 짚고 일어서려는데 규가 물었다.

"카세트테이프 사러 갈래?"

순간 잘못 들었나 싶어 돌아보았더니 규가 심상한 얼굴로 쳐다보았다.

"공주 대일레코드에 공테이프 사러 가자. 천안까지 왔는데 공주 안 들르면 차비 아깝잖아."

농담일까. 웃을 타이밍을 놓쳐 고개를 갸웃거렸다. 규가 궁둥이를 털고 일어서며 중얼거렸다.

"아까 그 개……."

안 그래도 조마조마해하고 있었다. 그 개 얘기를 꺼낼까봐.

"미용하니까 예쁘더라. 우리 초코도 그렇게 컸을 텐데."

초코의 이름을 듣는 순간 입안에 맴돌던 '공주엔 너나 가'라는 말이 쑥 들어갔다.

초코는 6년 전에 규가 키우던 강아지였다. 꽈배기 가게 앞에서 보았던 그 개처럼 코가 초콜릿색이어서 초코라고 불렀던. 결혼식 날짜를 잡고 규의 어머니가 경매로 낙찰받은 아파트에 신혼집을 차렸다. 아파트의 명의는 규와 나, 공동으로 했다. 규의 부모가 준 돈이 더 많이 들어갔고, 규의 어머니가 경매로 싸게 산 공도 있었지만, 어쨌든 아파트엔 우리 아빠의 돈도 들어갔다. 아빠가 집을 줄여 이사하면서까지 마련한, 내가 가진 유일한 재산이었다. 규의 짐이 먼저 들어갔고, 내 짐은 결혼식 일주일 전에 들어갔다. 그날 서재에 붙박이 책장을 설치하고 책을 꽂아 넣는데 갑자기 책장이 쓰러졌다. 그리고 초코가 쏟아지는 책들과 함께 책장 밑에 깔렸다. 규가 울면서 병원으로 데려갔지만 초코는 사흘을 앓다가 죽었다. 규는 처음엔 책장을 설치한 인부들을, 다음엔 경매로 아파트를 산 어머니를, 마지막엔 초코를 안전한 곳에 두지 않은 나를 원망했다. '그러는 넌 그때 뭐 했는데?' 그 말이 턱밑까지 올라오는데 규가 먼저 말을 뱉었다.

"난 너랑 못 살아."

규는 신혼여행용으로 준비한 캐리어를 꺼낸 뒤, 안의 물건을 쏟고 자기 짐을 담기 시작했다. 노트북과 음반, 옷가지와 개인 물품을 챙기는 규를 나는 멍하니 바라보고만 있었다. 겨우 정신을 차렸을 땐 규가 이미 캐리어를 끌고 문을 나선 뒤였다. 간신히 엘리베이터에 탄 규를 붙잡았다.

"너, 뭐야? 지금, 강아지 때문에 나랑 헤어지자는 거야?"

"아니! 너 때문에 헤어지자는 거야."

"미쳤어?"

"너는, 사흘 동안 한 번도 초코를 보러 오지 않았어."

"바빴잖아. 결혼식 전에 준비할 게 얼마나 많은데! 그렇게 갈 줄 몰랐잖아!"

정신없이 악을 쓰는 동안 규가 탄 엘리베이터의 문이 닫혔다. 나는 말문이 막혔다. "초코는 내가 데리고 왔어. 아들, 아니 내 동생이야." 규가 했던 말이 귓전에 맴돌았다. 결혼식 이틀 전이었다. 그때만 해도 나는 규의 부모가 나서서 규를 설득할 줄 알았다. 결혼식 취소까지는 안 가게 할 줄 알았다. 하지만 결혼식 전날 아빠는 규의 아버지로부터 파혼 통고를 받았다. 규의 집안에서는 나를 만나기 전에 규가 알코올중독 치료를 받은 병력 때문일 거라고 단정 지었고, 우리 집에서는 내 철없는 행동 탓일 거라고 지레짐작했다. 규와 나는 입이라도 맞춘 것처럼 양쪽 집에 초코 얘기를 하지 않았다.

신혼여행으로 받은 휴가 내내 나는 그 집, 규가 떠난 아파트에
틀어박혀 있었다. 창피해서라기보다는 실감이 나지 않아서, 그
저 맥없이 시간을 흘려보냈다. 생각만큼 전화를 걸어와 귀찮게
구는 사람은 없었다. 결혼식 취소를 알리는 문자메시지를 한꺼
번에 돌렸더니 다들 알아서 입을 닫았다. 20년 지기 대학 동기들
은 한결같은 문자메시지를 보내왔다. 기운 내, 다 지나갈 거야,
널 항상 응원해, 건강 챙겨. 아파트로 찾아와 문을 두드린 사람
은 아빠뿐이었다. 윤경아, 언능 문 좀 열어…… 아부지 다리 아
프다…… 밥은 먹고 혀야지……. 아빠는 초인종을 누르면서도
계속 문을 두드렸다. 안에 없는감? 얘가 여기 읍으믄 대체 워디
간겨…….

아빠가 가고 한참 뒤에 문을 열었더니 문고리에 홍삼정과 전
복죽이 담긴 비닐봉지가 걸려 있었다. 나는 비닐봉지를 그대로
문고리에 걸어둔 채 문을 닫았다. 다음 날 아빠는 또 문을 두드
렸다. 윤경아, 안에 있는 거 다 아니께, 괜스리 힘 빼지 말고 이거
꼭 가지고 들어가. 관리실에서 시시티브이 다 봤응께. 아부지 내
일 또 올꺼여. 베란다에서 아빠가 아파트 단지를 빠져나가는 걸
확인한 후 문을 열었다. 스티로폼 상자에 따뜻한 밥과 국, 내가
잘 먹는 반찬이 들어 있었다. 문고리에 걸려 있는 비닐봉지와 스
티로폼 상자를 안으로 옮겼다. 매일같이 아빠는 따뜻한 음식을
날랐다. 휴가가 끝난 다음, 그다음에도.

어느 날 따뜻한 음식을 먹다가 그날 이후 한 번도 서재에 들어가지 않았다는 걸, 책장에서 한 권의 책도 꺼내 읽지 못했다는 걸 알았다. 휑한 방에 들어온 햇살과 책장에 쌓인 먼지를 바라보다가 그 방의 주인은 따로 있다는 걸, 결코 내 공간이 될 수 없다는 사실을 깨달았다. 초코는 규의 마음에 검은 공동空洞을 만들었고, 그곳은 내가 들어갈 수 없는 공간이 돼버렸다. 그런데 규가 만든 내 마음속 공동은 점점 작아지고 있었다.

창문을 열고 집 안을 환기했다. 정신이 맑아졌을 때 규에게 전화를 걸었다. 나간 지 다섯 달 만에 규가 캐리어를 끌고 다시 들어왔다. 나는 짐을 빼지 않았고, 규도 짐을 빼지 않았다. 우리의 관계는 수정되었다. 동거인, 룸메이트.

*

"소니 메탈 공테이프는 대일레코드에서만 팔아. 단종됐거든. 옛날에 팔다가 남은 게 집에 있다고, 전에 그 주인이 그랬거든, 나한테 꼭 넘기겠다고."

"요즘 누가 카세트테이프를 사? 그것도 공테이프를."

나는 최대한 귀찮은 티가 드러나지 않게 말했다.

"네가 몰라서 그렇지 요즘 카세트테이프가 얼마나 핫한데. 그

거 아는 가수들은 카세트테이프로도 발매해. 카세트테이프에 녹음해주면 얼마나 좋아하는데. SNS에 올려서 자랑도 해. 그리고 공테이프는 소니 메탈테이프가 제일 좋아. 너도 보면 좋아할 거야. 얼마나 예쁘게 만들었는데, 진짜 잘 만들었어."

규는 음반을 마스터링하는 엔지니어다. 마스터링이 끝나면 시디로 만들어주는데 친한 가수들한테는 카세트테이프에도 녹음해준다고 한다.

"공짜로 주니까 좋아하겠지."

혼잣말이었는데 귀도 밝지, 규가 발끈했다.

"아니야. 어린 친구들은 자랄 때 이걸 듣는 사람도 못 봤고, 사는 사람도 못 봤대. 생각해봐. 부모가 듣지도 않고, 집에 기계도 없어. 걔들한테 이건 부모 세대의 것이 아니야. 흘러간 게 아니라고. 이걸 즐기는 애들은 자기도 모르게, 마치 새로운 문화, 새로운 유행을 주도하는 애들이 된 거야. 자기 세대에서는 힙스터로 보이는 거지. 못 보던 거, 처음 보는 거니까 좋아하는 거야."

음악 얘기만 나오면 말이 빨라지면서 목소리가 커지는 것은 규의 오랜 버릇이었다. 얼굴까지 환하게 빛났다.

"요즘은 이디엠이나 힙합하는 애들도 카세트테이프를 만들어. 그중에 한 애가 친구들이 자꾸 자기를 놀린대. 워크맨으로 카세트테이프 듣는다고. 그건 이 문화를 잘 모르고 하는 소리야."

"젊은 애들은 그렇다 치고, 너는 왜 카세트테이프를 사는 건데?"

안 그래도 거실의 시디장에 점점 늘어나는 규의 카세트테이프가 은근히 신경 쓰이던 참이었다.

"신기하잖아. 아기자기하고."

나는 뭐가 신기하냐고, 우리는 다 해본 건데, 하면서 택배로 주문하면 안 되냐고 물었다. 규가 답답하다는 듯 한숨을 내쉬었다.

"이런 건 직접 사러 가는 맛이지. 넌 왜 그렇게 뭘 모르니……"

이번엔 내 입에서 한숨이 새어 나왔다. 규가 그런 나를 물끄러미 바라보았다.

"그냥, 사보는 것 자체가 즐거워. 손맛이 있거든."

규가 수줍게 웃었다. 오랜만에 보는 웃음이었다. 20년 지기 대학 동기들에게 규를 소개한 자리에서 나는 저 웃음이 좋다고 말했다. "웃을 때 수줍어해. 웃음이 입가에서 눈가로, 눈가에서 양쪽 볼로 퍼지는 게 꼭 수면에 이는 물결 같아. 그걸 보는 게 좋아." 친구들은 규의 첫인상을 예민한 사람이라고 했다. 친구들에게 사귀는 사람을 보여주는 자리가 처음이었던 나는 그날 꽤 긴장했고 그건 규도 마찬가지였다. 신촌의 한 카페에서 만났을 때, 규는 내 친구들보다 카페에서 틀어주는 음악에 더 집중했다. 한 친구가 말을 하고 있는데도 중간에 불쑥 "이런 음악은 여기랑 안 맞는데" 하며 나를 쳐다보았다. 서빙하는 사람에게 볼륨을 낮춰달라고 했고, 그것도 성에 안 차서 주인에게 볼륨을 더 낮춰달라고 재차 말했다. 친구들은 규가 그럴 때마다 규보다는 내 얼굴을 봤고 나는 "좀 독특해" 하고 웃어넘겼다. 친구들은 말없이 음료수만 마셨다. 친구들은 모두 그런 식으로 소개한 사람과 결혼하거나 헤어졌다. 나만 규와 결혼하지도, 헤어지지도 않은 채 6년의 세월을 보내고 있었다.

*

대일레코드는 공주의 공산성 근처에 있었다. 유리문 너머로 가게 안이 훤히 들여다보이는데 문이 잠겨 있었다. 규가 대일레코드 주인에게 전화를 걸었다.

"근처 결혼식에 갔나봐. 도착하면 전화 준대. 그동안 볼일 보고 있으라는데, 어쩌지, 이게 볼일인데."

우리는 없는 볼일을 급조해서 근처에 있는 공주박물관으로 갔다. 기획 전시로 '세계유산 백제 왕릉전'을 하고 있었다. 무령왕릉에서 발굴된 부장품을 보고 있을 때, 규가 옆에 와서 소곤거렸다. "525년에 저렇게 만들었다는 거야. 엄청 잘 만들었지?" 그러더니 손을 들어 아이들이 모여 있는 곳을 가리켰다. 왕과 왕비의 관을 재현해놓은 전시실이었다. 모형으로 만든 목관 옆에 두 개의 빈 관이 뚜껑 없이 비스듬하게 놓여 있었다. 저런 것도 체험학습인가. 아이들이 빈 관 속에 누워 셀카를 찍었다. 호기심 어린 눈으로 줄을 서서 기다리는 아이들도 있었다. 우리가 그쪽으로 다가갔을 때, 한 할머니가 달려와 관에 누워 있는 아이의 팔을 잡아당겼다. 큰 소리로 아이를 야단치며 빨리 나오라고 소리쳤다.

"아니, 뭘 저렇게까지. 애들인데 해보고 싶지. 너도 누워볼래?"

나는 손사래를 치며 다음 순서인 아이가 냉큼 관 속에 눕는 걸 지켜보았다.

"저기에 누우니까 음악이 듣고 싶더라."

규는 지난번 공주에 왔을 때 누워봤다고 했다. 나는 아주 잠깐 관 속에 누운 규의 모습을 그려보았다. 어떤 음악이 듣고 싶었느냐고 묻자, 규가 너는? 하고 되물었다.

"내가 맞춰볼게. 영화음악?"

글쎄, 하며 나는 말끝을 흐렸다. 한 무리의 아이들이 사라지고 한가해졌을 때 나는 돌발적으로 관 속에 누웠다. 규가 그런 내 모습을 휴대폰으로 찍어서 보여주었다. 나는 사진 속 얼굴을 보고 흠칫 놀랐다. 기도하는 것 같기도 하고 자는 것 같기도 한, 내가 아는 어떤 이와 닮은 얼굴이 관 속에 누워 있었다. 어떤 이는 외할머니와 이모였다가 어느 순간 엄마와 나로 바뀌었다. 규의 휴대폰이 갑자기 울리지 않았더라면 나는 휴대폰에 저장한 엄마의 사진을 규에게 보여주었을 것이다. 규의 휴대폰은 기다리는 사람의 전화는 오지 않고 기다리지 않는 사람의 전화만 울려 대는 모양이었다. 규가 짜증을 내면서 전시장 밖으로 나갔다.

"전화 좀 그만해. 중요한 전화 받아야 하는데……. 누가 뭐래? 엄마도 들었잖아……. 같이 있어……. 내가 알아서 할게. 제발 좀! 알았다고요."

전화를 끊고 돌아선 규는 뒤에 서 있는 나를 보고 놀란 눈치였 다.

"왜 나왔어? 더 봐, 볼 거 많아."

내가 우두커니 서 있자, 그럼 2층에서 하는 상설 전시를 보라 고 했다. 앞장서 걷던 규가 2층으로 올라가는 계단 앞에서 멈춰 섰다.

"보고 와. 나는 전에 다 봤어. 밖에서 기다릴게."

뭐라 대답하기도 전에 규가 돌아서서 박물관을 빠져나갔다. 규의 어머니는 지금쯤 남편의 고희연을 준비하고 있을 것이다. 우리 엄마는, 오래전에 세상을 떠났다. 엄마도 공주박물관에 왔 었을까. 큰오빠와 작은오빠, 어린 나를 데리고.

나는 엄마의 많은 부분을 기억하지만, 또 많은 부분을 모른다. 가끔 큰이모의 딸들이 잃어버린 사진 속의 풍경을 전하듯, 기억 에 없는 엄마의 모습을 실어 날랐다. 그럴 때마다 나는 낯선 엄 마와 서툴게 인사를 나눠야 했다. 큰이모의 세 딸은 모두 나보 다 열 살 이상 나이가 많았다. 그 세 자매를 친척들 행사에서 종

종 만났다. 최근엔 부여의 결혼식장에서였다. 이종사촌의 결혼식이 끝나고 피로연장으로 내려갔더니 세 자매가 한 테이블을 차지하고 왁자하게 수다를 떨고 있었다. 그 소리가 너무 커 그냥 지나칠 수가 없었다. "어머, 윤경이구나." 둘째 언니가 옆에 놓은 가방을 치우며 자리를 권했다. 안 그래도 우리 엄마 얘기를 하는 중이었다며 반가워했다.

"이모가 웃긴 말을 참 잘했어. 웃기도 잘하고. 일요일만 되면 우리한테 집에 놀러 오라고 했잖아. 와서 밥 먹고 가라고. 근데 이모 집이 좀 멀었냐고. 한 번에 가는 버스도 없고. 근데 이모가 버스 정류장에서 기다리니까 가기 싫어도 안 갈 수가 없었어. 기다리는 거 다 아는데 어떻게 안 가? 가보면 밥도 별거 없었어. 그냥 집에서 먹는 밥이었는데 이모가 하는 얘기가 재밌어서 자꾸 갔지."

세 자매는 주거니 받거니 맞장구를 치며 웃어젖혔다. 웃다가 흘린 눈물을 훔쳐내며 큰언니가 나를 빤히 바라보았다.

"윤경아, 너는 좋지 않니? 나는 다른 사람한테 내가 모르는 엄마 얘기 들으면 좋더라."

나는 어색하게 웃었다. 큰이모는 엄마보다 일찍 세상을 떠났다. 엄마가 세 자매를 불러 밥을 먹인 건, 엄마 없이 자라는 조카들이 안쓰러웠기 때문일 것이다.

"언니들은 누구한테 큰이모 얘기를 들어요?"

"누구한테 듣겠니? 아직 살아계신 어른들한테 듣지. 얼마 전엔 네 고모한테 들었다. 네 고모가 우리와 사돈지간이긴 하지만 다 한동네 사람이었잖아. 네 고모 막내딸 결혼식 갔다가 들었지. 어렸을 땐 엄마가 원망스러웠는데 지금은 들으니까 좋더라. 그래서 너한테도 해주는 거야. 좋으라고."

큰언니가 내 어깨를 토닥이며 "윤경아, 넌 현명한 거야, 결혼하지 마" 하더니 첫째가 곧 결혼한다고, 그때 또 보자고 말했다.

박물관 2층으로 올라가는 계단 옆의 벽은 유리로 돼 있었다. 유리 벽 너머로 규의 뒷모습이 보였다. 규는 멀리 가지 않고 박물관 건물에서 앞마당으로 내려가는 계단에 등을 보이고 앉아 있었다. 나는 2층으로 올라갔지만 전시장 입구에서 발길을 돌렸다. 꼭 보고 싶은 전시도 아닌데 굳이 나 혼자 뭐 하러 보나 싶었다. 1층으로 내려가는 계단참에서 규의 모습을 찾았다.

박물관 앞마당에는 형형색색의 바람개비가 설치돼 있었다. 아이들은 바람개비 사이를 누비며 뛰어다녔고 어른들은 연신 사진을 찍었다. 가족처럼 보였고 단란한 모습이었다. 바람개비가 돌아갈 때마다 몇몇 아이들이 양팔을 벌려 날갯짓을 했다. 아이가 크는 속도에 맞춰 전국의 박물관과 유적지를 돌아다니는 부모의 삶. 그것은 규와 내가 경험하지 않은, 저 먼 건너편의 삶이었다. 규는 이곳에서 무엇을 보았을까.

"뭐 해?"

규가 고개를 들고 나를 올려다보았다. 눈을 가늘게 뜨고 손차양을 만들었다. 내 얼굴이 역광으로 보이겠구나. 규의 안경알에 지문 자국이 보였다. 왜 벌써 나왔느냐고 규가 물었다. 나는 볼 게 없었다고 대답했다. 규는 너무 많아서 그럴 거라고 했다.

규가 바람개비 사이를 뛰어다니는 어린아이를 가리켰다.

"왜 저렇게 웃는 걸까? 물어보고 싶다."

어린아이는 언니로 보이는 아이와 달리기를 하면서 까르르까르르 웃고 있었다. 아이들의 웃음 뒤로 바람이 지나는 소리가 들렸다. 바람개비는 멈추지 않고 돌아갔고, 규와 나는 말없이 그 광경을 지켜보았다.

대일레코드 주인한테는 연락이 없었다. 결혼식 피로연에서 술자리가 길어지는 것인지, 규를 잊은 것인지, 공테이프를 팔 생각이 없어진 것인지 알 수 없었지만 규는 전화를 걸어 채근하지 않았다.

"조급한 사람처럼 보이면 안 돼. 느긋하게 사야지 나중에 또 살 수 있어."

"다음에 다시 와. 이제 올라가야지. 가봐야 하잖아."

결국 내가 먼저 고희연 얘기를 꺼냈다. 규는 대꾸가 없었다.

우리 아빠는 당신의 고희연에서 세 번 등에 업혔다. 큰오빠와 작은오빠, 그리고 내가 아빠를 업고 식당 한 바퀴씩, 세 바퀴를 돌았다. 고모가 아들만 하라고 했지만 내가 하고 싶다고 고집을 부렸다. "우리 윤경이 등허리가 젤루 뜨뜻혀" 하면서 아빠는 내편을 들어주었다. 결혼식 전날 파혼한 상대와 한집에 살고 있는 딸이었지만 아빠는 언제나 내 편이었다. 엄마도 내 편을 들어주었을까. 살아 있었으면 우리 엄마도 올해 고희였다.

교통편을 확인한 뒤 규에게 빨리 서울로 올라가자고 했다. 여섯 시에 출발하는 고속버스를 타면 고희연에 얼굴은 비칠 수 있을 거라고.

"어차피 늦었어."

"아버지 업고 한 바퀴 돌아야지."

"응? 아버지를 왜 업어?"

규는 무슨 소린가 싶더니 아, 하고 알겠다는 표정을 지었다.

"우리 집은 그런 거 안 해."

"그런 거?"

"아니, 내 말은 예배 드리듯 조용히 할 거라고."

규를 뒤로 한 채 공주산성 터미널 방향으로 걷기 시작했다. 뒤따라온 규가 내 팔을 붙잡았다.

"아버지가 오지 말래. 술, 어른들이 술 따라줄 거라고."

"아……."

규는 내가 뱉은 감탄사를 제대로 이해하지 못할 것이다. 규가 오늘 나를 불러낸 건 고희연에 같이 가기 위해서가 아니라 자기가 가지 않기 위해서였다. 만약 같이 가자고 하면 룸메이트 아버지인데 까짓것 못 갈 것도 없지, 그렇게 말하려고 했는데…….
쓴웃음을 삼키며 오래전에 규가 했던 말을 떠올렸다. "몰라, 그
냥 그렇게 됐어. 왜 알코올중독이 됐는지, 정말 모르는데 자꾸
이유를 물어. 돌겠어. 진짜 모르는데."

오늘 규가 왜 어탕국수를 먹자고 했는지 알 것 같았다. 어렸을
때, 아빠가 쉬는 날이면 엄마는 민물고기와 시래기를 넣고 탕을
끓였다. 천천히 시간을 들여야 맛있게 먹을 수 있는 음식이었는
데, 아빠도 엄마도 성품이 느긋해서 허둥지둥 서두르는 법이 없
었다. 그걸 끓이는 날에는 비릿한 열기가 촘촘히 차올라 집 안 공
기마저 끈적하게 느껴졌다. 아빠와 오빠들은 면을, 엄마와 나는
밥을 넣어서 먹었다. 어탕국수를 처음 먹었을 때, 나는 엄마가 집
에서 뭉근하게 끓인 그 탕이 떠올랐다. 그래서 누가 어탕국수를
먹자고 하면 군말 없이 따라나서곤 했다. 규도 그걸 알고 있어서
나를 불러내고 싶으면 곧잘 어탕국수를 먹으러 가자고 했다.

*

규의 뒤를 따라 대일레코드 앞으로 갔다. 주변이 조금 한가해
졌을 뿐 가게는 달라진 게 없었다.
"멀리 가지 않았어. 셔터를 내리지 않았잖아."

규는 정말로 주인을 기다릴 기세였다. 오늘 안 사면 규는 한 개에 4000원짜리 소니 메탈 공테이프를 사러 또다시 공주에 올 것이다. 대일레코드 앞을 지나 공주박물관으로 가서 1500년 전에 죽은 왕과 왕비의 관 속에 누워 노래를 부를지도 모른다.

규는 유리문에 이마를 대고 불 꺼진 가게 안을 들여다보았다.

"망원동에 카세트테이프 파는 가게가 생겼거든. 거기 사장이 놀러 오라고 해서 가봤는데, 머리 긴 애들이 우르르 들어오는 거야. 딱 봐도 록이나 메탈 하는 애들인데 너도나도 홍보용 반팔 티를 사는 거야. 검은색 티에 앨범 재킷 인쇄한 건데 엄청 좋아해. 자기들끼리 득템했다고 하이파이브를 하고. 한 애는 사자마자 바로 입고. 재밌지 않아?"

규는 양손으로 반원을 만들어 눈 옆에 갖다 댄 채 유리문 너머를 보고 있었다. 규의 웃음소리가 들렸지만 나는 규의 얼굴을 볼 수 없었다. 뭘 재밌다고 하는지, 왜 재미어하는지도 알지 못했다. 그저 빠르게 올라가는 규의 목소리에 귀를 기울일 뿐.

"공테이프 사면 믹스테이프 만들어줄게. 네가 좋아하는 영화 음악만 120분짜리에 꽉꽉 채워서."

우리는 곧 돌아올 것만 같은 주인을 기다리며 대일레코드 앞에 서 있었다. 거리는 점점 어두워지는데 가게 안 벽에 빼곡하게 꽂힌 카세트테이프는 손에 닿을 듯 가까워 보였다.

리플릿

주소지가 합정동인 그 전시장은 양화진 근처에 있었다. 영주와 은수는 서둘러 안으로 들어갔다. 입구에서 갈색 콧수염을 기른 사람이 리플릿을 건넸다. 그는 아일랜드에서 온 아티스트라고 했다. 영주와 은수는 엉뚱한 전시에 들어왔다는 걸 알아차렸지만, 한번 둘러보기로 했다. 전시 제목이 'Philosophia'였기 때문에.

　작품은 모두 아보카도를 오브제로 활용한 것들이었다. 대형 유리병에 든 아보카도는 시리얼과 뒤섞여 있었다. 바닥에 거대한 알처럼 놓인 아보카도에는 무지갯빛 실이 엉켜 있었다. 영주와 은수는 뒤엉킨 실을 한 가닥씩 잡고 있는 선반 위 실패들을 우두커니 올려다보았다. 실패는 말 그대로 '실패'여서 무지갯빛이 더 찬란하게 보였다. 그들 나이엔 미래보다 과거를 돌아보게 만드는 빛깔이었다.

밖으로 나오자 더운 공기가 후끈 몸을 감쌌다. 에어컨 바람을 쐬고 나왔는데도 금세 더위를 느꼈다. 그들은 골목 안 그늘로 들어갔다. 전시가 너무 무거워. 비장하고. 아무래도 전시 제목을 잘못 붙인 것 같아. 유치하기도 해. 그들은 관람평을 나누며 과거 그들이 만들었던 『필로소피아』를 떠올렸다.

"그런데, 그때 우리가 왜 필통을 떨어뜨렸지?"

영주가 묻자 그게 언제 적인데, 하고 은수가 말끝을 흐렸다. 한때 그들은 그날을 '필통 데이'라고 불렀었다. 같은 날, 같은 시각에 반 아이들이 일제히 필통을 떨어뜨리기로 약속한 날. 콘크리트 바닥에 떨어지는 필통 소리가 교실을 가득 메우면 아이들은 눈빛을 주고받으며 속으로 쾌재를 외쳤다. 오래전의 일이었다. 이렇게 불쑥 입에 올려도 될 만큼 많은 시간이 흘렀다.

은수가 잠깐만, 하더니 건물 모퉁이에 붙은 종이 앞으로 다가갔다. 거기에 은수가 찾는 도자기 인형 전시회의 안내 문구가 있었다.

"야, 이걸 누가 보냐? 크게 인쇄해도 볼까 말까 한데 이렇게 조그맣게, 그것도 모퉁이에. 요즘 애들 말로 1도 안 보겠다."

영주가 투덜거리는 사이 은수는 벌써 모퉁이 옆에 있는 건물 입구로 걸어갔다. 아일랜드 작가가 전시 중인 1층만 전시장으로 개조했을 뿐 2층부터는 일반 주택이었다. 지은 지 10년은 훌쩍 넘어 보이는 5층짜리 건물이었고 출입문에 잠금장치도 없었다.

안으로 들어가보니 엘리베이터 없이 한 층에 두 집이 사는 구조였다. 은수는 5층까지 올라가는 동안 두 번을 쉬었다. 한 번은 이유 없이 계단에 멈춰 섰고, 또 한 번은 미안한데, 하고 계단참에서 영주를 돌아보았다.

"정말 혼자 가고 싶어?"

영주가 재차 묻자 은수는 이해해달라고 했다.

"그럼, 자연스럽게 접근해야 해. 슬기가 거기에 온 적이 있는지, 아는 사이인지만 물어보고 와. 자칫하면 슬기가 더 꼭꼭 숨어버릴 수도 있으니까."

은수는 희미하게 미소 지으며 고개를 끄덕였다.

영주는 건너편에 있는 카페에 들어가 창가에 자리를 잡았다. 아이스커피를 주문해 얼음을 깨물어 먹었다. 카페 건너편에 '양화진 외국인 선교사 묘원'으로 가는 방향 표지판이 보였다. 영주는 은수가 나오면 함께 그곳에 가봐야겠다고 생각했다. 이 근처 학교에 발령받았을 때 산책 삼아 가끔 가던 묘지공원이었다. 낯선 땅에 학교를 세운 이방인들의 묘비를 보고 있으면 심란했던 마음이 가라앉곤 했다. 아이들을 가르치는 게 조금은 덜 힘들었다.

은수의 딸 슬기는 어렵게 특목고에 들어갔지만 2학년 때 일반고로 전학했다. 내신성적이 안 나와서였다. 마침 그 학교로 전근 간 동료 교사가 있어 영주는 슬기를 부탁했다. "박 선생 친구 딸, 무단결석이 잦아요. 경고를 몇 번 줬는데도 말을 안 들어요.

이럴 거면 왜 전학을 왔는지, 그냥 자퇴를 하지." 동료 교사는 슬기를 검정고시나 봐서 대학에 가려는 아이로 단정 짓고 있었다. 자퇴서를 내면 되는데 왜 무단결석으로 문제를 일으키는지 모르겠다는 말투였다. 그 얘기를 듣고도 영주는 제주도에 있는 은수에게 바로 전화하지 못했다. 슬기의 보호자는 이제 은수가 아니었고, 학교에서 호출한 사람은 슬기 아빠일 텐데, 어쩌면 은수는 아직 모르는 일일 수도 있고, 알았어도 모른 척해주길 바랄 수도 있는데, 영주가 먼저 말을 꺼내는 게 과연 옳은 일인지 판단이 서지 않았다. 특목고에 다니다가 일반고로 온 아이 중 일부는 내신성적이 생각처럼 잘 나오지 않거나, 일반고 아이들의 텃세 등으로 학교생활이 힘들어지면 무단결석과 지각을 반복하기도 한다. 슬기만 유별난 게 아니니까 시간이 지나면 괜찮아질 것이다. 그렇게 생각하며 주저하고 있는데 은수가 먼저 전화를 걸어왔다.

"돈을 빌려달라고 했어. 슬기가."

"얼마나?"

"50만 원."

"줬구나."

"어떻게 안 줘."

은수는 SNS를 뒤져 최근에 찍힌 슬기의 사진을 찾아냈다. 도자기 인형 뒤편으로 흐릿하게 아웃포커싱된 모습을.

영주는 은수를 기다리며 창밖을 내다보았다. 아일랜드 작가가 건물 옆 모퉁이에서 담배를 피우고 있었다. 이제 전시장 안에는 사람은 없고 아보카도만 남아 있을 터였다. 1층 전시장은 길가 쪽에 통유리를 설치해서 카페에서도 내부가 건너다보였다.

*

필로소피아, 그 말을 맨 처음 꺼낸 사람은 은수였다. 그해 봄 은수는 빌보드차트를 교실 뒤 기둥에 붙였다. 기둥 뒤쪽에 붙여서 교탁에서는 잘 보이지 않았는데, 쉬는 시간에 영어 선생이 지나가다 은수가 손으로 쓴 빌보드차트를 보았다. 영어 선생은 보자마자 "이거 누가 붙였어?" 하고 그 차트를 떼어 갔다. 자리를 비웠다 돌아온 은수는 "그걸 왜 건드려?" 하며 화를 냈지만, 인문계 고등학교 문과반에서 영어 선생의 권력은 막강했다. 대놓고 항의할 수 없었다. 결국 반 아이들끼리 볼 수 있는 회지를 만들어 빌보드차트를 싣자고 한 게 『필로소피아』의 시작이었다. 전체 투표로 회지의 이름이 정해지자 은수는 곧바로 발간 준비에 들어갔다. 네 명의 편집위원이 한 달에 한 번 매월 1일에 발행하기로 했고, 편집장은 윤해가 맡았다. 윤해는 오빠가 대학 학보사에 있어서 회지 편집 과정을 잘 알았다. 영주는 글씨체가 반듯

해서 아이들의 글을 옮겨 적는 일을 맡았다.

12쪽으로 편집한 『필로소피아』의 내용은 주로 음악, 영화, 시사와 관련한 것이었는데 곳곳에 반 아이들의 재기 넘치는 그림과 유머가 실려 있었다. 1호와 2호의 반응은 폭발적이었다. 은수가 맡은 빌보드차트의 인기가 제일 좋았지만, 『필로소피아』에서 가장 중요하게 여긴 건 첫 장에 싣는 '여는 글'이었다. '여는 글'은 글쓴이의 이름 대신 장난스럽게 유명인의 사진을 붙였다. 1호엔 마이클 잭슨, 2호엔 매릴린 먼로. 매릴린 먼로 사진이 붙은 '여는 글'의 제목은 '신新날'이었다.

『필로소피아』 2호를 발행했던 그해 6월, 영주는 고등학교 2학년이었다. 2호를 집에 가져간 날, 방송국에서 일하는 삼촌이 모처럼 집에 들렀다. 필기구를 찾으러 영주 방에 들어온 삼촌은 책상 위에 있던 『필로소피아』를 후루룩 들춰보았다. 그러다가 어느 페이지에 시선이 멈췄고 삼촌의 눈이 휘둥그레졌다.

"이거 누가 썼니?"

삼촌이 가리킨 것은 「신新날」이었다. 삼촌의 말투가 심상치 않아 영주는 고개를 가로저었다.

"고등학생이 썼니?"

"......."

"대학생이 썼으면 당장 잡혀간다. 고등학생이 썼으면, 선생들 보면 큰일 난다. 이거 빨리 숨겨라."

삼촌은 근심 어린 얼굴로 영주를 바라보았다. 영주는 어리둥 절했다. 윤해는 그저 홍수로 중랑천이 범람할까봐 걱정한다는 얘기를 썼을 뿐인데.

"이걸 쓴 애와 너는 어떤 사이니? 친한 애니?"

삼촌은 자꾸만 그걸 물어봤다. 영주는 윤해와 친한 사이는 아니었지만 같은 중고등학교에 다닌 한동네 친구였다. 그들이 중학교 2학년 때, 중부지방에 큰 홍수가 나서 중랑천이 범람한 적이 있었다. 휴교령이 내린 줄도 모르고 학교에 간 아이들은 폐타이어에 판자를 얹은 뗏목을 타고 교실에 들어갔고, 동네 사람들은 북한에서 지원해준 쌀로 밥을 짓거나 떡을 해 먹었다. 학교 아이들 대부분이 중랑천이 넘치면 자다가도 물을 퍼내야 하는 동네에 살았다. 그해에도 마찬가지여서 장마철이 오면 또 집이 물에 잠길까봐 전전긍긍했다. 「신新날」의 내용은 여름이 오는 게 두렵다, 정부에서는 계속 새날에 대한 희망만 주고 있는데 우리는 중랑천이 넘칠까봐 해마다 이렇게 떨고 있다, 뭐 그런 내용이었다. 윤해가 쓴 글이 왜 문제가 되는지, 삼촌이 왜 저렇게 무서운 표정을 짓는지 알지 못한 채 영주는 『필로소피아』 2호를 책상 서랍 깊숙한 곳에 숨겼다.

다음 날 삼촌의 우려대로 학교는 발칵 뒤집혔다. 선생들은 주동자 색출에 나섰고, 반 아이들은 욕설을 들으며 단체 기합을 받았다. 『필로소피아』 편집위원 네 명은 상담실에 한 명씩 불려가

윤리 선생과 일대일로 상담했다. 몽둥이는 없었다. 윤리 선생은 손과 발이 몽둥이보다 더 깊은 상처를 더 오래 지속시킨다는 걸 너무나 잘 알고 있었다.

"너, 인생 이렇게 막 굴리면 대학 못 가. 검정고시 봐서 아무 대학이나 간다 쳐! 너 같은 애들이 데모해. 데모하면! 감옥 가. 감옥 가면! 개돼지 되는 거야."

영주의 얼굴에 넥타이를 풀어 헤친 윤리 선생의 침이 불똥처럼 튀었다.

『필로소피아』편집위원 네 명은 일주일간 열람실에서 근신하라는 처분을 받았다. 수업 시간에 교실에 들어갈 수 없었고, 열람실에서 자습하면서 반성문을 써야 했다. 하지만 편집장인 윤해는 예외였다. 아버지가 지역 유지인 데다 법학과 교수였기 때문이었다.

"이게 말이 돼? 말이 되냐고?"

은수가 반성문을 내던졌다. 격앙된 목소리에 혼자만 빠져나간 윤해에 대한 원망이 뒤섞여 있었다. 영주는 "설마 그게 다는 아닐 거야, 다른 이유가 있을 거야"라고 말했다. 그때 옆에 있던 『필로소피아』의 표지 그림을 그린 아이가 내뱉었다.

"더럽게 후져. 학교도, 선생들도."

5층 전시장은 현관문이 열려 있어 벨을 누를 필요는 없었다. 입구에서 반기는 사람도 없었다. 은수는 곧바로 들어가지 않고 현관에서 안을 기웃거렸다. 기척이 들렸는지 안에서 올리브색 리넨 원피스를 입은 사람이 나왔다. 의아한 표정으로 은수를 바라보는 얼굴이 낯익었다. 건물 모퉁이에 붙은 종이에서 본 도자기 인형 작가였다. 은수가 전시회를 보러 왔다고 말하자 작가의 표정이 부드럽게 풀어졌다.

"들어오세요. 이 방이에요."

실내용 슬리퍼를 내주며 현관 왼쪽에 있는 방으로 안내했다. 은수는 주택 내부를 빠르게 훑었다. 중앙에 거실 겸 주방이 있고 왼쪽에 방 두 개, 오른쪽에 방과 화장실이 있었다. 슬기는 어디에 있을까. 정말로 이곳에 있었던 걸까. 비스듬히 열린 문틈으로 침대의 끝자락이 보였다. 저 안에 누가 있는 걸까. 은수는 힐끗거리며 안을 살핀 후 안내하는 방으로 들어갔다. 세 평쯤 되려나. 벽과 중앙에 전시대를 설치하고 작품을 올려놓았다. 천장은 낮고, 형광등은 꺼놓은 상태이고, 전시를 위해 따로 설치한 조명도 없었다. 유일한 빛은 유리창으로 들어오는 여름 한낮의 햇살뿐이었다. 배경음악도 없고 생활 소음도 거의 들리지 않는 공간이었다. 은수는 방 안을 서성거렸다. 유리창 너머 건물과 건물 사이로 양화대교와 한강의 모습이 보였다.

슬기는 어디에 있을까. 슬기의 흔적을 따라 여기까지 왔는데 막다른 골목에 선 느낌이었다. 슬기는 여기에 없다. 이 방에 있는 작은 도자기 인형들이 소곤소곤 그 사실을 귀띔해주는 것만 같았다. 은수는 혼란스러웠다. 슬기를 만나면 그다음은 어떻게 해야 할지. 만난다 해도 자신이 할 수 있는 게 없다는 사실만 명확해지는 것 같았다. 어디서부터 잘못된 걸까. 생각이 과거로 달려가려는데 도자기 인형 작가가 쟁반을 들고 은수 앞에 섰다.

"재스민차예요."

얼음이 든 유리컵과 전시 리플릿을 건넸다. 두 개를 한꺼번에 받았더니 유리컵에 맺힌 물방울에 리플릿이 젖었다. 감촉이 좋고 코팅이 안 된 종이는 금세 물방울을 빨아들였다. 한때 은수가 즐겨 쓰던 화보용 종이였다.

"까마귀인가요?"

은수는 바로 앞에 있는 작품을 가리켰다.

"네, 자기가 불러 모은 것들이 자기를 공격하는 작품이에요. 까마귀가 좀 더 사람 쪽으로 가야 하는데, 나무가 마르면서 조금씩 벌어져 자꾸만 멀어지네요."

작가가 까마귀의 날개를 매만지더니 사람 쪽으로 가까이 붙였다. 작품 속 사람의 형상은, 벌거벗은 남자가 나뭇가지를 들고 까마귀를 쫓지 못해 애가 타는 표정을 짓고 있었다.

"조명은 일부러 안 하신 건가요?"

은수는 천장을 올려다보며 물었다.

"유약 바른 도자기들은 이렇게 자연광으로 봤을 때가 제일 빛이 좋아요. 조명이 강하면 애들이 너무 세게 반짝거려서 약하게 간접조명 받는 게 좋거든요."

은수는 그제야 작가가 가리키는 '애들'을 한 명씩 바라보았다. 그 애들이 어떻게 빛나는지 보려고 애썼다. 그리고 비로소 알았다. 이 방에 들어왔을 때부터 자신의 심기를 건드리는 게 무엇이었는지. 방 안에 떠도는 생기, 섬뜩하리만치 생생한 기운이 은수의 불안을 긁어대고 있었다. 가면을 쓴 작고 귀여운 애들이 무서워지기 시작했다. 하지만 그래서 잠시, 은수는 자신이 왜 여기에 왔는지 잊을 수 있었다. 그사이 작가는 쟁반을 밖에 두고 왔고, 은수의 관람을 방해하지 않는 선에서 방 안에 머물렀다.

"팬들만 오겠어요."

은수는 무례할 수도 있다고 생각했지만 이미 말을 뱉은 후였다.

"아는 사람과 아는 사람의 아는 사람만 오는 곳. 전시회라는 게 원래 지나가다 들르는 데도 아니고, 일부러 찾아와야 하는 장소인데 여기까지 오시는 분이라면 계단도 참아주시겠지, 그렇게. 그리고 정말 자연광이 잘 들어오는 곳은 찾기가 힘든데, 대부분 인공조명을 쏘거든요. 여기는 자연광이 잘 들어오는 곳이라……."

은수는 작가의 시선을 따라가다 구석 자리에 놓인 인형을 보았다. 얼굴을 감싼 채 모래 위에 주저앉은 형상……. 슬기의 모습이 흐릿하게 찍힌 사진 속의 바로 그 인형이었다. 은수는 인형이 놓인 벽 쪽으로 다가갔다. 인형은 맞는데 사진의 배경에 있던 벽과 컬러가 달랐다.

"여기, 이 벽은 벽지를 안 바르고 페인트를 칠했네요."

슬기가 찍힌 사진의 배경은 분명 화이트였는데, 지금 이 벽에 바른 페인트는 콘크리트 느낌이 나는 재의 빛깔이었다.

"아, 이 방은 프리랜서들에게 세를 주었대요. 작업실로 썼다는데 따로 칠을 했는지는 잘 모르겠어요."

은수는 프리랜서들에 관해 묻고 싶었지만, 괜한 의심이나 오해를 살까봐 돌려 물었다.

"다른 방에서도 전시를 하나요?"

"아니요, 이 방만. 작품도 몇 점 안 되고요. 전시는 빛이 좋은 여섯 시까지만 해요. 저는 낮에만 빌린 거예요."

은수는 한 가닥 희망을 품었다. 슬기는 이곳에서 지낼지도 모른다. 밤에는 비어 있을 테니까. 여기 주인은 어떤 사람인가요? 밤에는 이곳에서 뭘 하나요? 우리 슬기를 아나요? 한꺼번에 올라오는 질문들을 꾹꾹 밀어 넣으며 은수는 화장실로 갔다. 문을 닫고 거울부터 살폈다. 물방울 하나 튀지 않은 깨끗한 거울이었다. 이곳에 사는 누군가도 슬기처럼 거울에 튄 물방울 얼룩을 못 견디나 보다. 그것은 슬기가 언젠가 은수가 일하는 제주도 펜션에 묵었을 때 우연히 알게 된 사실이었다. 청소하러 들어갔더니 유독 화장실 거울만 물기 하나 없이 깨끗했다. 은수는 혹시나 하고 세면대 위에 놓인 칫솔 통을 살폈다. 칫솔은 네 개였다. 하지만 은수는 슬기가 어떤 칫솔을 사용하는지 알지 못했다. 침대도, 이불도, 수건도, 슬리퍼도 이곳에서 어떤 게 슬기의 물건인지 가려낼 방법이 없었다. 슬기는 아빠 손에 자란 아이였다. 열두 살에 아빠와 살겠다며 집을 떠난. 아니, 이것은 정확한 말이 아니다. 은수가 두 사람을 위해 살던 집을 비워주었다. 은수는 슬기와 단둘이 사는 동안에도 함께 시간을 보내지 못했다. 미술협회에서 주관하는 전시와 행사 준비로 집에 들어가지 못하는 날들이 많았고, 집에 들어와서도 일에 파묻혀 지냈다. 하루는 슬기가 신발장 위에 포스트잇을 붙여놓았다. '엄마, 생신 축하드려요. 저는 지난달이었어요.' 열두 살에 시작한 슬기의 첫 월경을 축하해준 사람은 따로 사는 아빠였고, 은수는 그것도 모른 채 지나갔다. 일중독에서 벗어나려고 제주도까지 내려갔지만, 은수는 그곳 펜션 사람들한테도 워커홀릭이라는 소리를 들었다.

은수는 거실로 나와 침실을 기웃거렸다. 여전히 문은 비스듬히 열린 채였고 안에는 인기척이 없었다. 눈길을 돌리다가 협탁 위 모니터에 전체 화면으로 열어둔 동영상을 보았다. 해안가에서 네 명의 사람이 새의 부리를 형상화한 가면을 쓰고, 새의 날 갯짓처럼 천천히 팔을 내저으며 몸을 움직이고 있었다. 자세히 보니 비슷한 동작을 각자 조금씩 다르게 반복하는 춤이었다. 음악과 파도 소리, 영상을 찍는 사람의 목소리가 간간이 섞여서 들렸다. 인적 없는 해변에서 지루하게 이어지는 그들의 춤은 우스꽝스러웠지만 눈을 뗄 수가 없었다. 화면 아래쪽에 '반댇새'라는 글자가 지나갈 때, 퍼포먼스를 찍는 카메라 앵글 밖에서 귀에 익은 목소리가 들려왔다.

은수는 곧바로 작가 앞으로 걸어가 휴대폰에 저장된 슬기의 사진을 내밀었다.

"이 아이를 본 적 있나요?"

휴대폰을 건네받은 작가가 엄지와 검지로 사진을 확대했다. 그리고 고개를 끄덕였다.

*

은수가 건널목을 건너오고 있다. 슬기에 대한 단서를 찾았는지 못 찾았는지 짐작할 수 없는 표정을 짓고 있다. 어떻게 물으면 은수가 편안하게 대답할까. 아무것도 묻지 않는 편이 더 나을까. 어쩌면 영주는 같은 고민을 품고 오랫동안 은수를 기다려왔는지도 모른다. 자주 만나거나 허물없이 지내는 사이도 아닌데 영주는 늘 은수가 궁금했다. 어떤 관계든 조바심이 나는 쪽이 약자라면 영주는 한 번도 은수에게 강자인 적이 없었다. 처음부터 은수가 좋았다. 그해 봄 『필로소피아』를 만들기 전부터.

은수는 영주가 있는 자리로 곧바로 오지 않고 카운터에서 음료를 주문했다. 주문한 음료가 나오길 기다렸다가 영주 앞에 앉았다. 영주는 그 시간이 꽤 길게 느껴졌는데 은수가 일부러 그런다는 느낌이 들어 알은 체하지 않았다. 은수가 들고 온 음료는 뜨거운 레몬티였다. 한여름에도 찬 음료를 먹지 않는 건 여전했다. 은수는 피곤한 듯 의자 등받이에 몸을 깊숙이 기대고 눈을 감았다. 유리창을 통과한 햇살이 탁자 모서리에서 꺾여 은수의 상체를 사선으로 긋고 지나갔다. 영주는 은수가 먼저 말하기 전에는 아무것도 묻지 말자고 다짐했다.

"괜찮아, 다 괜찮대."

은수는 슬기와 통화한 내용을 짧게 전했다. 슬기는 곧 아빠 집으로 들어갈 거고, 학교는 계속 다녀야 할지 말아야 할지 고민 중이라고 했다.

"학업 중단 의사를 밝히면 학교에서 3주 정도 시간을 주는 제도가 있어. 그것도 생각해봐. 우리 때는 학교 안 가면 큰일 나는 줄 알았는데……."

그러게, 하는 은수의 표정이 조금은 밝아 보였다. 영주는 은수의 기분을 환기시켜주려고 도자기 인형 전시회에 관해 물었다. 은수는 미술협회에서 전시 기획자로 장기근속했다. 갑자기 서울 생활을 정리하고 제주도로 내려간다고 했을 때, 영주는 은수가 드디어 그림을 그리러 간다고 생각했다. 펜션 매니저 생활을 하면서 유보한 꿈을 이룰 거라고.

"주택의 방 한 칸을 빌려서 하는 그런 전시는 나도 처음인데, 거기서 가면을 쓴 인형들과 까마귀를 봤어. 까마귀가……."

은수가 말을 멈추고 갑자기 생각난 듯 전시회에서 받은 리플 릿을 꺼냈다. 리플릿에 흘려 쓴 숫자를 자신의 휴대폰에 저장했다. 도자기 인형 작가의 휴대폰으로 통화한 슬기의 연락처라고 했다.

"슬기는 문제가 생기거나 자기 뜻대로 안 되면 숨어버려. 어렸을 때부터 그랬어."

은수의 얼굴에 안쓰럽고 안타까운 표정이 떠올랐다.

"네 탓이 아니야."

영주는 자신의 말이 공허하게 들렸다. 어떤 기억은 소환되는 순간 곱씹게 된다. 그리고 어떤 기억은 여물지 않아서 떠오르는 순간 터져버린다. 영주는 자신의 공허한 말이 불러온 소환이 달 갑지 않았다. 한 아이의 얼굴과 이름이 또렷이 떠올랐기 때문에. 아일랜드 작가의「필로소피아」전시를 보았을 때부터 내내 머릿속을 맴돌던 아이.『필로소피아』의 표지 그림을 그린, 열여덟에 이미 학교와 선생이 후지다고 말했던 아이.

영주는 오래전에 반 아이들이 왜 필통을 떨어뜨렸는지 기억해냈다. 돌이켜보면 우스운 얘기인데, 대학로에 가서 대학생처럼 놀고 싶어서였다. 반 아이들 중에 일명 '대학로 죽순이'가 있었다. 그 애를 따라 대학로에 가면 대학 문화를 맛볼 수 있었다. 기껏해야 음주가무와 미팅이었지만 그때는 그것만으로도 대단한 일탈이어서 호기심 많은 아이들이 제법 따라가곤 했다. 즉 필통 데이는 이를테면 야간자율학습 때문에 대학로에 나가지 못하는 아이들이 벌인 쇼였다. 담임의 담당 과목인 가정 시간에 단체로 필통을 떨어뜨리면 20대 중반의 담임은 야단을 치면서도 안절부절못했다. 담임을 처음 맡은 초짜 선생의 어리숙함과 여린 면을 영악하게 파고든 행동이었다. 단체 행동 후 야간자율학습에서 빼달라고 떼를 쓰면 담임은 어쩔 수 없다는 듯 "이번 한 번만이야" 하고 집에 일찍 보내주곤 했다. 영주의 기억에 그 아이는 그때 대학로에 나가지 않았다. 은수가 "우리도 가볼래?"라고 물었을 때도 "난 안 갈래" 하고 빠졌다. 공부에 전념하는 애들과 함께 학교에 남았다. 은수와 영주가 처음으로 대학로에 나간 날, 대학로에서 종로까지 행진하는 사람들이 있었다. 은수는 그 무리에 섞였고, 영주는 마로니에공원을 얼쩡거리다가 자율학습이 끝나는 시각에 맞춰 터덜터덜 집으로 돌아왔다.

『필로소피아』 발행이 중단되고 필통 데이 쇼도 더 이상 통하지 않을 즈음, 은수가 종로에서 받은 인쇄물을 학교에 가지고 왔다. 반 아이들과 돌려 읽다가 맨 뒤에 있는 그 아이의 책상까지 전달되었을 때, 공교롭게도 뒷문으로 들어온 영어 선생한테 걸렸다. 인쇄물을 펼쳐본 영어 선생은 뒷짐을 지고 교실을 한 바퀴 돌았다. 무슨 말을 어떻게 꺼내야 할지 고민하는 것 같았다.

"이럴 때일수록 학생은 공부를 열심히 해야 한다. 빨리 자수하면 광명을 찾을 수도 있다. 누구야?"

교탁 앞에 선 영어 선생은 들고 있던 지시봉으로 출석부를 탁탁 내리쳤다. 영주가 '무슨 일만 생기면 그놈의 누구냐는' 하고 생각하고 있을 때, 다른 아이들이 눈치만 살피고 있을 때, 그 아이가 제일 먼저 자리에서 일어섰다. 그러자 곧이어 다른 아이, 또 다른 아이, 또 또 다른 아이가, 한 명씩 두 명씩 일어서기 시작했다. 어느 틈엔가 은수와 윤해도 일어서 있었다. 타이밍을 놓친 영주는 이러지도 저러지도 못하고 있었는데, 앉아 있는 아이보다 서 있는 아이의 수가 더 많아지자 슬슬 불안해지기 시작했다. 영어 선생보다 나중에 돌아올 반 아이들의 뒷말이 더 신경 쓰였다. 여러 명이 한꺼번에 일어섰을 때 영주도 주춤거리며 따라 일어섰다. 앉아 있는 아이의 수는 한 손에 꼽을 정도였고, 대부분이 일어서서 영어 선생과 대면했다. 아이들은 한껏 흥분한 상태였다. 함께하면 아무도 다치지 않을 거라는 묵계가 용기를 불러모았다. 그때 영주는 사람의 눈이 돌아간다는 게 어떤 것인지 처음 보았다. 희번덕거리던 영어 선생의 눈이 흰자위에서 광채가 나는가 싶더니 그야말로 휙 돌아갔다. 미쳐 날뛰던 영어 선생이 분을 가라앉히지 못한 채 교실을 뛰쳐나갔다. 『필로소피아』사건을 겪고 새가슴이 된 담임이 헐레벌떡 교실에 뛰어 들어와 "너희들, 정말 왜 이래?" 하고 울먹였다.

나중에 알았다. 그날 체육 선생의 단체 기합이 끝나고 그 아이와 은수가 영어 선생을 찾아가 용서를 빌었다는 걸. 그러고도 끝내 용서받지 못했다는 것도. 영어 선생을 광분하게 만든 건 불법 시위 인쇄물을 돌려봤다는 게 아니라 하나둘 자리에서 일어선 반 아이들의 태도였다. 그리고 그 출발점은 그 아이였다. 미운털이 단단히 박힌 그 아이는 영어 시간마다 곤욕을 치렀다. 선생이 학생을 체벌할 수 있는 명분은 무궁무진해서 불쑥 영어로 질문했는데 대답을 못 하거나, 어려운 영어 단어의 스펠링을 물었는데 정답이 아닐 때, 그 외 다른 교묘한 방법으로 영어 선생은 그 아이를 괴롭혔다. 그 아이가 긴 머리를 짧게 자르고 등교한 날, 삭발한 것도 아닌데 반항한다고 그 아이는 영어 선생한테 발길질을 당했다.

하루는 반장이 그 아이에게 넌지시 권했다.

"영어 선생님께 우리가 잘 말씀드려볼 테니까 영어 시간에 나가 있는 게 어때?"

그 아이는 그럴 필요 없다고 웃어넘겼다. 사교육 금지 시대에 학교에서 영어를 포기하는 것은 대학 입시를 포기하는 것과 같았다. 그리고 그것은 다른 아이들도 마찬가지였다. 반장이 재차 권하자 뒤늦게 다른 아이들의 의중을 알아차린 그 아이는 옆줄에 앉아 있는 은수에게 눈길을 돌렸다. 하지만 은수는 그때 이어폰을 끼고 음악을 듣고 있었다. 영주가 방금 선물한 믹스테이프를. 뜻하지 않게 그 아이와 눈이 마주친 건 은수의 반응을 지켜보던 영주였다. 영주는 은수의 팔을 흔들거나 눈짓으로 알려줄 수도 있었다. 아니면, 영주가 먼저 반장에게 "그게 말이 돼? 말이 되냐고?" 하고 쏘아붙일 수도. 하지만 영주는 그 어느 것도 하지 않았다. 아무것도 보지 않고 아무 말도 듣지 않은 것처럼, 아니 그 모든 걸 알면서도 어쩔 수 없다는 듯, 무심히 고개를 돌렸다.

"알았어."

그 아이의 대답은 반 아이들 모두에게 전해졌다. 그날 이후 그 아이는 영어 시간에 밖으로 나가 자리를 비웠고, 하루하루 조금씩 달라졌다. 교실에서 휘트니 휴스턴의 「I Wanna Dance with Somebody」를 부르며 장난기 가득한 춤을 출 만큼 유쾌한 아이였는데, 점점 의기소침해졌다.

"거기서 노래를 들었어. 노래를 불러줬어."

은수는 남은 얘기가 더 있는지 도자기 인형 작가를 다시 입에 올렸다.

슬기와 통화 후 인사를 하고 나오려던 참이었다. 현관에서 인기척이 들리자 작가는 은수를 혼자 두고 밖으로 나갔다. 친근하게 인사를 건네는 소리가 들렸고, 연인처럼 보이는 두 사람이 작가를 따라 방으로 들어왔다.

"자, 그럼 이제 관객이 세 분이 되셨으니 약속한 대로 제가, 저의 노래를 들려드리겠습니다."

작가가 홍조 띤 얼굴로 기타를 들고 스툴에 앉았다. 나중에 온 두 사람이 기대감에 들뜬 표정을 지으며 손뼉을 쳤다. 은수는 이제 그만 밖으로 나가고 싶었지만 관객이 세 명이어야 한다는 말에 붙들렸다. 작가의 자작곡을 들어줄 관객은 은수를 포함해 세 명이 전부였다. 작가는 장난스럽게 아아, 하며 목을 가다듬었다. 하지만 준비가 끝나자 주저주저하던 모습은 온데간데없이 사라지고 힘차게 노래를 부르기 시작했다. 첫 소절을 듣자마자 은수는 움찔 놀랐다. 말할 때와 달리 목소리가 크고 청량했다. 노래를 듣는 동안 은수는 자신의 몸에서 화인지 숨인지 모를 것들이 부서지는 걸 느꼈다.

"너도 알다시피 전시를 보러 간 게 아니었잖아. 그 방 안에서 난, 슬기 생각에 갇혀 있었어. 그런데 갑자기 그 작가가 노래 중간에 휘파람을 부는 거야. 여러 번 입술로 소리를 내는데."

은수는 입술을 모아 휘-휘- 바람 소리를 냈다. 영주는 은수의 휘파람 소리를 들으며 창밖을 내다보았다. 아일랜드 작가가 건물 모퉁이를 돌아 입구 쪽으로 걸어가고 있었다. 전시장이 비어 있을 거라는 생각이 들자 어떤 장면이 머릿속에서 펼쳐졌다. 은수가 「필로소피아」 전시장에 들어가 선반 위의 실패를 쓰러뜨린다. 딱 하나만. 은수는 재빨리 몸을 돌려 전시장을 빠져나오는데, 차례대로 쓰러지는 실패 더미를 보는 건 전시장 밖에서 은수를 훔쳐보는 자신, 박영주였다. 영주는 질끈 눈을 감았다. 긴 한숨이 새어 나왔지만 마음은 오히려 홀가분했다.

"우리, 좀 걸을까?"

영주는 가까운 곳에 묘지공원이 있다고 말했다. 외국인 선교사들의 공동묘지가 있다고. 은수는 딴생각을 하다가 정신이 든 사람처럼 영주를 멍하니 바라보았다. 영주는 카페에서 묘원으로 가는 여러 길 중에서 가장 먼 길을 골라 한강 둔치를 걸었다. 강바람이 불어 덥지는 않았지만 햇볕이 따가웠다. 은수는 도자기 인형 전시 리플릿으로, 영주는 「필로소피아」 전시 리플릿으로 차양을 만들었다. 둘은 제주도와 서울의 날씨, 과거에 알던 사람들의 얘기를 주고받다가 벌써 왔나 싶을 만큼 금세 양화진에 다다랐다.

"비석들이 참 다양하구나. 십자가가 다 달라."

은수는 이방인들의 묘비를 바라보다가 눈물을 훔쳤다. 영주는 장소를 잘못 골랐다고 자책하지는 않았다. 어디로든 가야 했고, 그게 어디든 달라지지 않았을 것이다. 은수는 슬기를, 영주는 휘트니 휴스턴의 춤을 추던 유쾌한 아이를 떠올렸다.

『필로소피아』 편집위원 네 명의 이름은 모두 한글 자모 'ㅇ'으로 시작했다. '네 개의 고리'라는 별칭으로 불렸던 윤해, 은수, 영주, 그리고 많은 시간이 흘렀어도 여전히 열여덟일 수밖에 없는 그 아이. 영주는 끝내 말하지 못한 마지막 고리, 그 아이의 이름을 나직이 불러보았다. 오은영.

영주는 『필로소피아』 1호와 2호를 지금도 가지고 있다. 애써 간직했다기보다 굳이 버리지 않았다. 몇 해 전 책장을 정리하다가 오래된 책들 사이에 꽂혀 있는 걸 발견했다. 2학년이 끝나기 전 마지막으로 만든 3호는 보이지 않았다. 어쩌면 너무 얇아서 어떤 책 속에 껴 있는지도 모른다. 종이 한 장을 반으로 접은 4쪽짜리 리플릿이었으니까. 3호의 표지 그림은 은수가 그렸다. '여는 글'은 영주가 썼다. 글쓴이의 이름 대신 휘트니 휴스턴의 사진을 붙였다.

---

* 소설 내용 중 도자기 인형의 전시와 작품은 선경 작가의 「새의 목소리로」 전시회를 참고했다. ― 필자 주

설계자들

제1강. 그리드grid

현재경 교수가 전화를 걸어왔을 때 민정은 뭔가 잘못됐다는 걸 직감했다.

"이 실장, 언제 시간 돼요? 얘기가 길 거 같은데."

포스터 시안이 마음에 들었다면 현 교수는 문자메시지나 메일을 보냈을 것이다. 민정은 포스터 시안을 열어놓고 현 교수가 서울역에 대해 했던 말들을 곱씹었다.

서울역은 비워두고, 문화공간이라고 바꿔놓고, 그 옆에 유리 조각으로 이상한 건물을 만들어놨잖아요. KTX 타는 데를. 도쿄역은 여전히 역으로 쓰이는데, 서울역은 이제 역이 아니잖아요.

다들 작아서 안 된다고 하는데, 티켓팅은 전산으로 하고, 경부선이든 호남선이든 뭐든 하나만 발권을 해라 이거에요. 그렇게 역의 기능을 회복하고, 주변에 덕지덕지 붙은 건물을 정리했으면 좋겠어요. 지금 문화공간으로 쓰고 있는 서울역은 문화재임에도 불구하고, 마치 섬 같아요.

전부터 이런 주장을 해왔던 현 교수가 '옛 서울역사 활용 국제설계 공모'의 전문위원이 되었다. 현 교수의 지휘 아래 설계 공모 관리팀이 꾸려졌고, 민정은 그 안에서 홍보와 전시를 맡았다.

현 교수의 연구실은 건축대학관 3층에 있었다. 좌우 벽의 맞춤 책장으로도 모자라 통로에까지 책이 쌓여 있었다. 책상 자리에 쌓아둔 책들 뒤에서 현 교수가 고개를 내미는 순간, 그의 몸이 무게를 이기지 못해 기우뚱거리는 책처럼 보였다.

"잠깐만요. 안 오길래 뭘 좀 시작했어요."

5분 정도 일찍 왔어야 했는데 5분 지각이었다. 지각한 사람이 무슨 할 말이 있겠는가. 민정은 손님용 탁자에 필기구를 꺼내놓고 현 교수의 일이 끝나길 기다렸다.

"포스터 시안에 쓰카모토 야스시〔塚本靖〕의 입면도를 넣었던데, 그게 어떤 도면인지 체크했나요?"

현 교수는 제자들일지라도 일로 만날 때는 언제나 깍듯하게 존댓말을 썼다.

"제가 미처, 서울역 도면이 그것밖에 없어서…… 죄송합니다."

실수였다. 문체부 담당자가 준 자료여서 별다른 의심을 하지 않았다.

"그것밖에 없다고 그걸 쓰면, 내가 이 실장한테 포스터를 의뢰한 의미가 없어져요. 그래도 건축을 배운 사람인데, 서울역 설계도가 왜 그거밖에 없을까, 먼저 그것부터 의심했어야죠. 아닌가요?"

얼굴이 화끈거렸다. 민정은 거듭 죄송하다고 말했다.

쓰카모토 야스시의 입면도가 국내에 처음 소개된 것은 1994년 『한겨레』를 통해서였다. 그전까지는 아무도 옛 서울역사의 설계자를 알지 못했다. 도면에 '쓰카모토 야스시'라는 이름이 발견되고 언론에 보도되면서 조금씩 사람들의 관심이 이어졌다. 그러나 쓰카모토 야스시를 옛 서울역사의 설계자라고 볼 수는 없었다. 그는 입면도를 그렸을 뿐, 옛 서울역사는 스위스 루체른역의 카피였다.

현 교수가 탁자에 보고서 한 권을 올려놓았다. 그가 책임연구원으로 표기된 『옛 서울역사 복원화 사업 연구 보고서』였다.

"일제강점기 때 우리나라 철도는 남만주철도주식회사南滿洲鐵道株式會社가 운영했어요. 일본 정부는 한반도에 식민지 인프라를 구성하는 초기 투자를 본국에서 다 하는 걸 부담스러워했어요. 만철에다가 한반도의 철도 경영을 위탁했는데, 만철이 운영하면서 서울의 중앙역이 너무 누추하니까 새로 지었어요. 그게 지금의 옛 서울역사죠. 많이들 오해하는데 서울역은 조선총독부에서 지은 게 아니에요."

현 교수는 보고서를 넘기며 말을 이었다. 민정은 대학 강의실에 앉아 있는 것 같은 기분이 들었다.

"지금은 기차역이 단순한 건물 같아 보이죠? 하지만 100년 전의 기차역은 오늘날의 공항과 같은 최첨단 건축물이었어요. 그런 기차역을 누가 설계했냐면, 만철에서 직접 했어요. 만철은 20세기 전반 일본의 싱크 탱크였어요. 일본의 식민지지배 시스템에서 최고의 엘리트만 갈 수 있는 곳이었죠. 그런데 이 건물이 서울의 중앙역이잖아요."

민정은 현 교수가 왜 자신을 연구실로 불렀는지 알 것 같았다. 그는 서울역에 대한 정보가 쌓이면 민정의 포스터 디자인이 더 좋아질 거라 믿고 있었다.

"만철의 설계 조직이 평면은 아주 잘 그리는데, 입면은 자신이 없었던 거예요. 그래서 이것을 좀 더 잘하고 싶으니까 쓰카모토 야스시 선생한테 입면 설계를 부탁한 것 같아요. 쓰카모토 야스시는 영국 유학을 다녀온 사람인데, 아마도 유학 중에 스위스에 있는 루체른역을 본 것 같아요. 규모도 비슷하니까 루체른역을 모델로 해서, 평면도에 맞춰서 디자인을 가져다가 수정한 거죠.

루체른역을 거의 그대로. 옛 서울역사는 루체른역을 모델로 해서 거의 똑같이 지어졌어요. 그렇기 때문에 쓰카모토 야스시도 양심이 있으니까, 자기가 설계한 거라고 이름을 안 밝힌 거예요. 차마 자기가 설계한 거라고 할 수가 없었겠죠."

현 교수가 1925년 서울역과 1896년 루체른역의 전경 사진을 나란히 펼쳐놓았다. 서울역과 루체른역은 쌍둥이 건물이라고 해도 믿을 만큼 외관이 비슷했다.

"평면과 입면을 다른 사람이 설계할 수도 있는 건가요?"

"그런 식의 설계가 당시에 종종 있었던 것 같아요. 지금 한국은행 앞에 옛날 제일은행 건물이 있죠? 그 건물이 현상설계로 지어졌는데, 현상설계를 공모할 때 평면을 먼저 주고 입면만 설계하라고 했어요. 민간 설계사무소의 조직이 충분히 성장하지 않았을 때니까 그런 식으로 했던 거 같아요. 옛 서울역사도 그런 배경을 갖고 설계된 것 같습니다. 많은 사람이 이 건물을 도쿄역의 축소판으로 보죠. 도쿄역은 다쓰노 긴고〔辰野金吾〕가 설계했고, 이건 다쓰노 긴고의 제자인 쓰카모토 야스시가 설계했다고. 정확하게 말하면 그게 아닌데도 말이죠. 그래서 나는 이번 설계 공모 포스터에 쓰카모토 야스시의 입면도를 넣지 않으면 합니다."

결국 재시안을 잡아달라는 얘기였다. 예상은 했지만 시간이 너무 촉박했다. 설계 공모 운영 회의가 사흘 뒤여서 이틀밖에 시간이 없었다. 시간을 더 달라고 말할 수도 없었다. 민정이 미루면 뒤의 일정이 다 어긋난다. 포스터 디자인은 설계 공모 홍보의 첫 단추였다.

"그런데 교수님, 서울역의 진짜 설계자는 누구일까요? 만철의 설계 조직에도 서울역을 담당한 수석 디자이너가 있었을 텐데요."

현 교수가 빙그레 웃었다.

"그건 숙제로 남겨두죠."

현 교수가 자리에서 일어섰다. 숙제라니! 민정은 자신이 한 질문을 주워 담고 싶었다. 학생들에게 질문을 유도한 후 숙제로 던지는 현 교수의 수업 방식을 깜박 잊었다. 책상 자리에 앉은 현 교수가 경례하듯 손을 흔들었다.

그러나 일을 하다 보면 변수는 늘 생기게 마련이고, 또 언제나 엉뚱한 곳에서 발생한다. 설계 공모 공고일이 한 달 뒤로 미뤄졌다. 기획재정부의 예산 편성이 늦어진 탓이다. 사업 타당성 검토가 끝나고 착수보고회까지 했는데 예산 편성을 못 했다는 건 이해하기 힘든 상황이었지만, 어쨌든 민정은 시간을 벌었다.

제2강. 파르티parti

기획재정부의 승인이 떨어져 보류된 일이 재개되었을 때, 현 교수가 다시 민정을 불렀다. 연구실로 찾아갔을 때 현 교수는 통화 중이었다. 그는 전화기를 귀에 댄 채 손짓으로 앉으라고 탁자 쪽을 가리켰다. 현 교수는 전화기 너머의 상대와 설계 공모에 대해 의견을 나누고 있었다. 문체부의 담당 공무원인 것 같았다. 통화를 끝낸 현 교수는 민정과 마주 앉았다.

"통화하는 거 들었는지 모르겠지만, 공모 방식이 일반 공모로 바뀔 거 같아요."

"지명 초청 설계로 결정 난 거, 아니었나요?"

"그랬는데, 문체부에서는 홍보에 더 신경을 쓰는 거 같아요. 아무래도 지명 설계를 하면 관심도가 떨어지니까. 이번 공모전이 얼마나 문화적으로 홍보가 더 잘 되느냐, 자꾸 그 점을 강조하네. 양보다는 질을 먼저 생각해야 하는데."

현 교수가 서울역 주변 주요 시설과 문화재가 표시된 지도를 펼쳤다. 옛 서울역사는 현재 '문화역서울 284'라는 문화공간으로 사용하고 있지만 제 기능을 다 하지 못하고 있다고 판단해서 소멸한 역의 기능을 회복하고, 주변의 주요 시설과 문화재와 연결한다는 게 '옛 서울역사 활용 국제 설계 공모'의 취지였다.

"서소문역사공원과 서울역 고가가 보행로로 이어진다면, 옛 서울역사 지하 쪽으로도 이어지는 건가요?"

"그건 건축가들이 제안하겠죠. 설계 공모니까. 서소문역사공원, 서울역 고가, 서울역 광장, 그런 주변 상황을 다 고려할 거예요. 하지만 무엇보다 역의 기능을 살려서 사람들을 모이게 하는 것, 그게 가장 중요해요."

현 교수는 서울역 주변에 덕지덕지 붙은 건물을 정리하고 싶었는데 그걸 다 하기는 힘들 것 같다고 했다.

"DDP는 자하 하디드가 설계를 두 번 했잖아요. 한양도성과 하도감 터가 발견돼서. 서울역도 유구遺構가 나올 가능성이 있나요?"

유구가 나오면 재설계가 아니라 공사 자체가 엎어질 수도 있었다.

"물가에서 뭐가 나올까요?"

물가? 민정은 현 교수의 말을 금방 알아듣지 못했다.

"거기 물가인데. 만초천."

"만초천? 천을 매립해서 기차역을 세운 거예요?"

그걸 몰랐다니, 현 교수가 더 황당한 표정을 지었다.

"따로 매립하거나 그런 건 아니고, 물길을 돌린 다음 강의 바닥을 정제했어요. 개천 바닥에다가 철도를 놓고 나중에 그 위를 복개한 거죠."

왜 그 생각을 못 했을까. 서울역에서 용산으로 이어지는 길은 만초천이 흐르던 곳인데.

"별로 나올 게 없겠군요."

"왜, 꼭 뭐가 나와야 돼요? 거기는 유구가 나올 가능성이 별로 없어요. 하천변이기 때문에. 땅을 파면 뭐라도 나오긴 하겠지만, 글쎄, 뭐가 나올까요?"

100년에 1미터의 흙이 쌓인다. 1년에 1센티미터가 쌓이는 셈이다. 얼마쯤 파면 만초천의 흔적이 보일까. 파보기 전에는 아무도 알 수 없었다.

"그런데 왜 하필 만초천에, 다른 땅도 많았을 텐데요."

"다른 땅 어디? 도성 안은 이미 시가지로 꽉 차 있었고, 성 밖에는 구릉이 많았고, 좋은 평지는 이미 길이었고, 마땅한 곳이 없었어요. 하천변을 이용하는 수밖에."

민정이 대답을 못 하자 현 교수가 덧붙였다.

"기차는 쇠바퀴이기 때문에 바닥이 평평해야 해요. 만초천이 한강으로 흐른다는 건 경사가 완만하다는 뜻이니까 바닥을 평평하게 만들기가 쉬웠겠죠. 그리고 일반 주택을 사서 길을 만들고 철도를 놓으려면 돈이 엄청 많이 들어요. 천변은 국공립지니까 공사비가 훨씬 적게 들죠."

"그런 결정은, 만초천의 땅을 정제해서 기차역을 짓기로 한 결정은 누가, 언제 한 건가요?"

현 교수가 잠깐 망설이다가 대답했다.

"1900년에. 1897년에 대한제국이 출범했으니까 고종의 내각이 했겠네요. 아니, 어쩌면 고종이 직접 했을 수도 있어요. 당시 고종은 서양 문물을 배우려고 해외에 사람들을 파견했어요. 외국과 교류하면서 선진 문물을 받아들이기 위해 활발히 움직였죠. 철도와 기차역을 만든 이유가 서구 문물을 본격적으로 받아들이기 위해서였으니까."

고종을 바라보는 현 교수의 시각은 호의적이었다. 어쩌면 민정이 알고 있는 고종에 대한 지식은 왜곡된 것일지도 모른다. 교과서에 나온 것만 배웠으니까.

"숙제는 좀 했어요? 서울역의 설계자."

역시 그냥 넘어가는 법이 없었다. 민정이 생각하기에 가장 근접한 사람은 만철의 설계 구조 책임자였다. 만철의 설계 조직 안에 조선인도 있지 않았을까. 민정은 경성고등공업학교의 졸업생을 중심으로 찾아보았다.

"경성고공 졸업생 중 만철에 들어간 사람이 딱 한 사람 있었어요. 이천승. 그 사람이 서울역 설계에 참여하지 않았을까요?"

"그건 안 되죠."

"레벨이 안 되나요?"

"아니, 시기적으로 안 맞아요."

서울역의 설계는 1922년이었지만, 이천승이 만철에 들어간 것은 1933년이었다.

"경성고공에 여성은 없었나요?"

시대적으로 말이 안 되는 질문이었지만, 민정은 혹시나 해서 던져보았다.

"경성고공은 남고였어요. 그 시대에 여성 건축가가 있었나? 아는 사람이 없어요. 배운 적도 없고요. 일제강점기엔 당연히 없었고, 세계적으로도 들어본 적이 없어요."

그건 민정도 마찬가지였다. 배운 적도, 들어본 적도 없었다.

"아, 어디서 들었는데, 미국 여성이 1920년대에 유럽에 가서 '에콜 데 보자르'에 여섯 번인가를 시도해서, 겨우 들어갔다는 말을 듣긴 했어요."

현 교수는 기억을 더듬으며 확실한 건 아니라고 했다.

"기록에 안 나왔을 뿐, 어딘가에서 여성이 건축을 배우고 있었을지도, 선교사들이 많이 들어오던 시기였잖아요. 어쩌면 서울역 설계에 여성이 참여했을 수도……."

현 교수가 민정의 얼굴을 빤히 쳐다보았다.

"미술이라면 가능할지도 모르죠. 그런데 건축은 지금도 여성 건축가가 별로 없어요. 이 실장도 공부해봤으니까 이 바닥이 어떻게 돌아가는지 잘 알잖아요."

"청강생이 있을 수도 있잖아요. 어깨너머로 배운다거나."

"청강생이 어깨너머로 배워서, 서울역 같은 빅 프로젝트에 참여한다?"

나도 그런 사람이 한 명쯤 있었으면 좋겠네, 하며 현 교수가 껄껄 웃었다. 민정은 그때 현 교수도 서울역의 설계자를 알지 못하는 건 아닐까, 하는 의구심이 들었다. 왜 바로 답을 알려주지 않는 걸까.

"만철의 설계 조직을 연구한 논문이나 자료가 있나요?"

"일본에 있겠죠. 국내에서 만철을 연구한 사람이, 내가 알기론 거의 없어요. 나도 만철에 대한 자료는 안 가지고 있어요."

"하지만 교수님은 알고 계시잖아요. 만철에서 서울역을 누가 설계했는지."

"누군가는 했겠죠, 공간 조직만. 이 실장 말처럼 다른 누군가 가 서울역 설계에 참여했을 수도 있어요. 하지만 혼자 할 순 없 어요. 조직이 움직여야지. 서울역은 건축가 한 사람이 할 수 있 는 건축물이 아니니까. 그럴 정도의 스타 건축가가 있었던 시절 도 아니었고."

현 교수가 말을 끊었다가 다시 입을 열었다.

"정확하게 밝혀진 건 없어요. 다만, 만철에서 중국의 다롄역을 설계한 사람이 있는데, 그 사람이 서울역의 평면을 설계하지 않 았을까 추정할 뿐이에요."

그 사람의 이름을 묻자 현 교수가 고개를 저었다.

"나는 이렇게 생각해요. 설계자의 이름은 중요하지 않다. 왜 냐하면 그곳에 서울역이 들어선 이유, 왜? 누구를 위해서? 그런 게 더 중요하니까. 우리가 지금 서울역의 역 기능을 회복하려고 설계 공모를 하는데, 누가 설계할지, 과연 그게 그렇게 중요할까 요? 물론 누군가는 해야 하니까 경쟁은 필요하겠죠. 하지만 우리가 지금 건축물 하나 짓겠다고 이렇게 많은 세금을 쏟아부으면서 설계 공모를 하는 걸까요? 건축가 한 명 뽑으려고?"

민정은 아무 말도 하지 못했다.

"내가 몇 년 전에 서울역 복원 공사 한다고 했더니 나이 드신 분들이 제일 먼저 물어보는 게, '그럼 서울역 그릴 복원돼?' 그거였어요. 서울역 2층에 있던 그릴에 대한 기억이 더 특별했던 거죠. 정말로 중요한 건 그런 게 아닐까요?"

현 교수가 옛 서울역사에 대한 특별한 기억이 있느냐고 물었다. 민정은 고개를 저었다. 옛 서울역사의 역 기능이 소멸한 것은 2003년이었다. 민정에게 옛 서울역사는 일제강점기 때 지은 근대 건축물의 하나였고, 사진이나 뉴스 화면, 차를 타고 지나가는 길에 창밖으로 본 풍경의 일부였다. 오히려 현 교수가 유리 조각으로 이상하게 만들었다고 하는 신 서울역이 더 친근했다. 거기에서 누군가를 기다렸고, 배웅했고, 함께 기차를 탔다.

"잔재주로 잘 짓는 사람이 아니라, 서울역을 재구성할 수 있는 사람. 나는 이번 설계 공모에서 그런 건축가를 만날 수 있을지, 사실은 기대 반 걱정 반입니다."

"심사위원 선정을 잘하셔야겠어요."

민정은 달리 할 말이 없었다. 현 교수가 고개를 끄덕였다.

"맞아요. 선수보다 심판이 더 중요한……. 지금 서울시에서 세운상가 설계 공모를 하잖아요. 거기는 예비 심사까지 여섯 명이

던데, 우리는 국내 네 명, 국외 세 명, 예비 한 명, 그렇게 여덟 명으로 갈 거 같아요."

현 교수는 세운상가 설계 공모의 심사위원으로 위촉되었지만 사양했다. 이유를 알고 싶었는데 현 교수가 먼저 말을 꺼냈다.

"나는 그 설계 공모 자체를 반대하거든요. 세운상가를 재생하기로 했으면 제대로 해야지, 설계 공모 방식으로는 안 돼요. 바로 앞에 종묘도 있는데."

종묘를 앞에 두고 세운, 건축가 김수근이 30대 중반에 설계한 국내 최초의 주상복합건물. 상가 위에 지은 중정형 아파트를 보러 답사를 간 적도 있었지만, 민정이 본 세운상가의 이미지 중 가장 강렬했던 건 박정희 대통령과 김현옥 서울시장이 준공식 테이프를 자르는 한 장의 흑백 사진이었다.

제3강. 레이어layer

"교수님, 남영동 대공분실은…… 김수근 선생이 설계한 게 맞지요?"

현 교수는 갑자기 왜 그런 뜬금없는 질문을, 하는 표정을 지었다.

"하긴 했죠."

"어떤 건물인지 알고 했을까요?"

"알고 했는지는, 글쎄, 그게······."

현 교수는 말을 끊고, 그게 왜 궁금한지 이유를 물었다.

김수근 건축가가 남영동 대공분실을 설계한 것은 1976년이었다. 외부를 검은 벽돌로 마감한 그 건물의 뒤편에는 작은 문이 있었다. 문을 열고 들어가면 나선형으로 된 원형 계단이 나왔다. 밀폐된 공간에 좁고 가파른 원형 계단이 중간에 끊어지는 층 없이 5층까지 이어져 5층으로만 올라갈 수 있었다. 그곳에 끌려온 사람들은 문 앞에서 한 차례 매를 맞고 철제로 된 그 계단을 기어서 올라갔다고 한다. 나선형 계단을 올라가면서 방향감각을 완전히 잃어버렸다고. 사람은 방향감각을 잃어버리면 공포감이 증폭된다. 김수근은 그 건물이 어떤 용도로 사용될지 알고 거기에 맞게 계단을 설계한 것일까.

민정은 엘리베이터를 타고 5층까지 올라갔었다. 복도를 사이에 두고 열여섯 개의 방이 마주 보고 있었다. 출입문의 위치는 문을 열면 맞은편의 벽이 보이게끔 배치했다. 출입할 때 문이 열리더라도 맞은편 방에서 누가, 무엇을 하는지 알 수 없는 구조였다.

중간에 있는 9호실은 추모 공간으로, 1987년에 사망한 박종철 열사의 방이 복원돼 있었다. 유리로 막아놓은 그 방에는 양변기와 욕조, 의자와 책상, 침대, 그리고 개수대 위 거울 위치에 박종철의 사진이 들어간 액자가 놓여 있었다. 벽과 천장은 마치 도

배지를 바른 것처럼 철제 흡음판이 붙어 있었고, 침대와 철제 가구는 굵은 나사로 바닥에 고정해놓았다. 욕조는 성인이 앉아서 다리를 뻗기 힘든 크기였고, 주황색 타일이 붙어 있었다. 세로로 긴 직사각형 창문은 팔뚝 하나가 들어갈 정도의 넓이였다. 투신을 막기 위해서, 라는 의심을 받기에 충분했다.

복도 끝의 15호실은 복원하지 않았지만, 1985년에 고故 김근태 전 국회의원이 이근안에게 고문당한 방이었다. 그 방은 문이 열려 있는데도 어두웠다. 민정은 15호실에 들어가자마자 전등 스위치를 올렸다. 철제 가구도 양변기도 욕조도 없는 공간은 하나의 평범한 방일 뿐이었다.

대공분실의 도면은 아직도 공간사에 남아 있을 것이다. 김수근의 제자들은 선생이 원래 좁은 창문을 좋아했다고, 공간 사옥도 비슷하게 지었다고, 용도를 몰랐을 거라고 두둔했지만, 그것은 작고한 선생에 대한 예의일 뿐, 유신시대에 그걸 몰랐다고 하는 건 시대감각이 없었다는 방증이었다. 디테일이 치밀하고 세련돼서 성의 없이 막 지은 건물이라고 볼 수도 없었다. 기본적으로 벽돌을 아주 잘 아는 사람이 설계한 디자인이었다. 용도를 알고, 그 용도에 맞게 자기 실력을 유감없이 발휘한 설계였다. 기본적인 설계 요구 사항을 충실히 지킨 건물이었고, 그걸 지켰다는 건 용도를 알고 설계도를 그렸다는 뜻이었다. 김수근은 설계할 때 그 건물이 대공분실로 악용될 걸 알고 있었을까. 그는 아마도, 모르기가 더 어려웠을 것이다.

"가서 봤거든요, 거기 그 방들."

건축가의 역할, 좋은 건축과 나쁜 건축의 경계……. 늘 곤란한 질문이었다. 건축 공부를 마치고 그와 관련한 일을 하는 지금까지도 그 답은 민정에게 오지 않았다. 혼란스럽다고, 답을 묻고 싶었지만 민정은 입을 다물었다.

현 교수가 팔꿈치를 탁자에 올렸다.

"알고 했을 거라는 게 중론이긴 한데, 심증일 뿐 증거는 없어요. 정황상 그 당시 김수근 선생의 스타일을 봤을 때, 일 많다고 던져주는 스타일이 아니라 프로젝트마다 꼼꼼히 체크하는 식이어서, 벽돌 한 장까지 다 따지는 분인데, 그거를 모르고 했겠느냐, 아닐 거다, 그런 거죠. 그런데 그게 다 심증뿐이에요."

"김수근 선생이 그 건물을 왜 맡았을까요? 다른 일도 많았을 텐데요."

1970년대는 김수근의 전성시대였다.

"반대로 생각해봐요. 남산 자유센터, 세운상가, 여의도, 온갖 공공 프로젝트를 다 맡아서 했는데, 대공분실만 안 하겠다고 한다? 그것도 박정희 시대에? 과연 어떤 건축가가 그걸 거절할 수 있겠어요?"

현 교수의 목소리가 퉁명스럽게 변했다.

"그렇다면 교수님은, 김수근 선생이 대공분실을 설계한 게 그 시대로서는 이해가 된다는 말씀인가요?"

그건……, 현 교수가 창가로 시선을 돌렸다.

짧은 침묵이 흘렀다.

"건축물 자체로 봐서는 인정이 되더라고요. 얼마나 꼼꼼하고 계산적으로 잘 지었는지. 그 시절에 지었다고 믿을 수 없을 만큼 세련되고, 디테일이 정말 탁월했어요. 미학적으로 접근을, 아주 잘했더라고요."

민정은 대공분실을 직접 본 소감을 말했다.

"미스 반 데어 로에가 남긴 유명한 말이 있잖아요. '신은 디테일 속에 있다.' 일반인들은 건축물을 볼 때 주로 외관과 구조를 보는데, 건축가들은 디테일을 봐요. 어떤 예술이든 예술적 성취는 디테일에 있거든요. 김수근 선생은 건축가로서 디테일이 아주 뛰어난 사람이었어요."

"이력에 넣을 것도 아닌데, 그렇게까지 꼼꼼히 잘할 필요가 있었을까 싶어요. 적당히 해도 됐을 텐데, 어떤 부분은 소름이 돋았거든요."

민정은 그 건물 5층에서 본 것들을 말했다. 그 치밀하고 세심한 공간 설계에 대하여.

"이럴 수는 있어요. 그게 일부러 그 프로젝트만 신경 쓴 게 아니라, 장인들이 그러잖아요. 일정한 기예에 오르면, 예술적 수준에 올라서면, 그 사람이 만든 건 허투루 만들어도 일반 사람이 만든 것보다 훨씬 높은 퀄리티가 나오잖아요. 손만 대도."

"네, 뭘 해도."

민정은 저도 모르게 현 교수의 말에 장단을 맞추었다.

"그게 그 설계사무소의 퀄리티인데. 당시 김수근 선생의 공간 사무소는 우리나라에서 제일 좋은 퀄리티를 가지고 있었어요. 기본기가 있는 팀이었으니까 뭘 맡겨도 잘했죠. 김수근 선생이, 이건 어쩔 수 없이 해줘야 하는 정부 프로젝트인데 안 해줄 수는 없으니까 대충이라도 해줘라, 했을 때 허투루 한다고 해도 기본 이상은 나온다는 거예요. 그게 작업의 본성이니까. 이 실장도 작업하다 보면 느끼지 않나요? 일정한 경지에 오르면 뒤로 갈 수 없다는 거. 어설프게 하기가 더 힘들다는 거."

그렇다. 작업의 본성에 그런 기질이 분명 존재한다. 민정은 질문을 바꿔보았다.

"서울역도 그렇지만, 대공분실도 공공건축公共建築이잖아요. '공공건축'에서 공공이 과연 누구를 위한 공공인지, 잘 모르겠어요."

공공을 생각하면서 옛 서울역사와 남영동 대공분실을 비교하는 건 자연스러운 일이었다. 두 건축물은 건물의 용도가 바뀌고, 그와 비슷한 건물이 세워졌으며, 잘 지은 건물임에도 불구하고 설계자가 고의로 이름을 밝히지 않았다는 점에서 같았다. 중요한 것은 두 건축물이 '공공'이란 이름 아래 지어졌다는 사실이다. 이러한 사실은 민정에게 자꾸만 디자인의 의미를 물어왔다.

"우리나라 현행법에는 '공공기관에서 발주하는 건축'이라고 아예 명시가 돼 있어요. 그런데 유럽에서는 '불특정 다수의 시민이 사용하는 건축'이라고 해요. 우리나라는 발주자의 위치에서 공공건축을 봤는데, 유럽은 사용자의 위치에서 공공건축을 본 거죠. 건축계에 유저 개념을 맨 처음 가져온 사람은 '알도 반 에이크'라는 네덜란드 건축가예요. 1960년대에."

현 교수가 커피를 한잔 마셔야겠다며 자리에서 일어났다. 미니 냉장고 옆에 에스프레소 머신이 있었다.

"패러다임이 바뀌고 있어요. 공공기관이 하든 민간이 하든, 부자가 하든 서민이 하든, 그 건축물이 일반 시민 누구나 사용할 수 있는 곳이라면 공공건축의 범주에 넣어야 해요. 공공건축은 발주자가 아니라 사용자를 위해서 지어야 한다. 그렇게 우리나라도 점점 바뀌고 있어요. 사유재산도 공공건축으로 보는 시각이 생긴 거죠."

에스프레소 머신에 캡슐을 넣고 커피가 내려오는 동안에도 현 교수는 말을 끊지 않았다.

"사소해 보이지만 엄청 큰 변화네요."

"대단한 변화죠. 김수근 선생 사무소 이름이 '공간'이잖아요. 스페이스. 공간은 굉장히 미학적인 개념이에요. 공간이라는 용어를 쓸 때 이미 미학을 함축하고 있어요. 그런데 알도 반 에이크는 공간이라는 용어에서 미학적인 개념을 다 걷어내요. 사용자, 사람을 집어넣고, 특정한 상황 속에서 인간이 삶을 경험하는 곳이라는 개념으로 '장소'라는 단어를 써요. 플레이스."

"공간과 장소는 개념 자체가 다르지 않나요?"

"다르죠. 근데 구분을 못 했어요, 그전에는."

현 교수가 에스프레소 두 잔과 설탕 통을 탁자에 올려놓았다.

"에스프레소 마실 줄 아는 사람은 설탕을 꼭 넣는다는데, 나는 안 넣어요. 촌스러워서."

현 교수가 웃으며 설탕 집게를 건넸다. 민정은 공기알 크기만 한 황색 설탕을 집어넣었다.

"교수님, 좋은 건축이란 무엇인가에 대해서도 시대마다 패러다임이 달라지는 거 같아요. 제가 공부할 때는, 건축은 공간을 표현하는 것이다, 시대정신을 드러내는 것이다, 삶을 담는 그릇이다, 지속 가능한 삶에 기여하는 것이다, 그렇게 배웠는데 지금은 윤리를 얘기하더라고요."

"윤리와 공공성은 같은 말이에요. 이 시대의 건축은 산업의 대상이 아니에요. 복지의 대상이지."

"복지요?"

전혀 예상하지 못한 단어였다.

"공공에 복지라는 개념이 스며들어왔어요. 그게 공공성이죠.

한 국가가 불특정 다수의 시민에게 삶의 질, 헌법에서 보장하는 인권을 지켜주는 행위가 복지잖아요. 돈 없어서 치료 못 받고, 돈 없어서 교육 못 받고, 이런 걸 어느 정도 국가에서 케어해주는 게 복지잖아요. 건축도 그런 식으로 복지 안으로 들어간 거예요. 청년주택도 공급하고. 그런 개념으로 보면 정기용 선생의 패러다임이 닿아요. 김수근 선생은 안 닿는데."

"정기용 선생은 공공성과 사회성에 많이 다가간 분 아닌가요?"

민정은 영화「말하는 건축가」와 일민미술관에서 한「감응感應」전시회를 인상 깊게 보았다.

"다가간 정도가 아니라, 정기용 선생은 알도 반 에이크와 똑같다고 보면 돼요. 무주 프로젝트, 기적의 도서관 같은 것들 보면. 짐작건대, 프랑스에 있었던 70–80년대에 어떤 식으로든 알도 반 에이크의 의식을 접했을 거라고 봐요. 완전 판박이거든. 국가 권력의 남용을 방지하고 시민의 삶의 질을 걱정하는 패러다임이. 김수근 선생과 정기용 선생의 패러다임이 극명히 나뉘는 부분이 바로 거기거든."

"그럼, 정기용 선생이었다면, 남영동 대공분실 같은 건축물은 안 했을까요?"

현 교수는 에스프레소를 두 번에 나눠 마셨다. 입맛을 다시며 인상을 찡그렸다.

"대공분실을 하느냐 마느냐, 그 문제에서 두 분이 부딪히는 건 맞아요. 무언가를 비교할 때, 어떤 개념을 던져놓고 비교하느냐, 그게 문제인데, 들뢰즈가 말한 것처럼 차이는 누구에게나 있어요. 똑같은 사람이 어딨겠어요. 하지만 그 차이를 비교할 때, 잣대가 무엇이냐, 그게 제일 중요해요."

민정은 에스프레소를 조금씩 나눠 마셨다. 바닥에 깔린 설탕이 녹지 않아 마실수록 단맛이 강했다.

"저는, 김수근 선생과 정기용 선생의 차이가, 사회를 바라보는 의식의 차이 같아요. 김수근 선생은 처음부터 시민을 위한 건축을 해야 한다는 의식이 없었어요. 알면서도 모른 척한 게 아니라."

"그건 성급한 결론일 수 있어요. 가늠할 수 있는 기준이 적절하지 않아요. 김수근 선생의 시대는 공공성과 사회성을 화두에 두고 시민을 위한 건축을 해야 한다는 의식을 갖기 힘든 유신시대였어요. 있어도 말할 수 없는 시대였고. 50년대에 일본 유학한 사람과 70년대에 프랑스 유학한 사람의 의식이 어떻게 같겠어요."

민정은 잠시 생각을 가다듬고 입을 열었다.

"건축과 권력의 관계를 논할 때 꼭 등장하는 건축가가 있잖아요. 히틀러의 건축가, 알베르트 슈페어. 아우슈비츠도 슈페어가 설계했을까요?"

현 교수의 입가에 미소가 번졌다.

"재미난 게, 독일은 역사 추적을 다 해서 아우슈비츠를 누가 설계했는지 전부 밝혀냈는데, 의외로 슈페어 같은 사람이 아니라, 양심 있고 문화적으로 깨어 있는 사람들이었어요. 그로피우스같이 유명한 건축가도 했는데, 그 사람들이 아우슈비츠의 용도를 알고 설계했을까요?"

민정은 의자를 바짝 끌어당겼다.

"독일에선 모르고 했을 수도 있다는 게 중론이에요. 왜냐하면 워낙 설계를 부분적으로 맡겨서, 쪼개가지고, 전체 그림을 못 그리게."

"한 사람한테 통으로 맡긴 게 아니라……."

"그렇죠. 누구한테는 강당 하나 맡기고, 누구한테는 수용소만 맡기고, 범죄인들만 넣는 곳이라고 한 다음, 다 부분 부분 설계하니까 양심의 가책 없이 설계했다는 거예요. 마치 기계의 부품처럼 들어가서."

"근데 우리나라는 통으로 맡겼잖아요."

남영동 대공분실은 쪼갤 것도 없는 한 덩어리였다.

"맞아요, 우리는 통으로 맡겼다고 봐야죠. 근데 이게 예를 들면, 서대문형무소 같은 거예요. 서대문형무소도 누군가가 설계를 했을 텐데, 그때는 범죄자들의 교정 시설이라고 설계를 맡겼을 거 아니에요. 그거와 똑같은 상황일 수도 있다는 거예요."

노크 소리가 들리더니 살며시 문이 열렸다. 행정조교였다. 서류를 들고 와서 현 교수에게 사인을 받아 갔다. 조교가 돌아간 다음에도 현 교수는 끊어진 대화를 잇지 않았다. 대공분실에 대한 대화를 정리하고 싶은 눈치였다. 거장으로 추앙받는 건축가의 오점에 대해 길게 논의하는 게 껄끄러운지 말하는 중에도 내내 조심스러운 말투였다. 현 교수가 자리에서 일어나 책장 앞을 서성거렸다. 민정은 현 교수를 재촉하지 않으려고 탁자에 놓인 보고서를 펼쳤다.

"정부에서 그런 건물을 그 사람에게 맡겼다는 건, 그만큼 그 사람을 믿었다는 거야. 생각이 달랐다면 그 권력 옆에 있지도 못해. 어떤 권력자가 생각이 다른 사람을 옆에 두고 쓰겠어."

현 교수가 등을 돌린 채 혼잣말처럼 중얼거렸다. 민정은 보고서에서 눈을 떼지 않았다. 현 교수는 에둘러 말했지만 자기 생각을 분명하게 드러냈다. 김수근은 남영동 대공분실의 용도를 알고 있었다고.

그런 건물을 소리 소문 없이 잘해줄 거라는 믿음……, 그 믿음의 밑바닥엔 공간이, 구조가, 디테일이 사람을 공포의 극으로 몰아넣을 수 있다는 잔인함이 있었을 거라고, 민정은 생각했다. 그리고 그런 믿음을 준 김수근의 밑바닥에도 공포가 있었을 거라고. 건축을 못 하게 될지도 모른다는 김수근의 공포가 역으로 남영동 대공분실을 만들었을 거라고.

다행인지 불행인지 김수근은 박종철 열사가 사망하기 전인 1986년에 간암으로 세상을 떠났다. 살아 있었다면 과연 무슨 말을 했을까, 밝혀지지 않은 어떤 이유를 들을 수 있었을까. 건축계에 던진 충격에 값하는 합당한 이유를.

남영동 대공분실은 지금 '경찰청 인권보호센터'로 사용되고 있다.

제4강. 디자인design

현 교수가 의자에 걸어둔 겉옷을 걸쳐 입었다. 교직원 식당을 애용하는 현 교수는 여섯 시 반 전에는 꼭 저녁을 먹으러 간다고 했다. 남은 얘기는 밥 먹고 와서 하자는 말에 민정은 현 교수를 따라나섰다. 교직원 식당에서 순서를 기다리는데 현 교수가 앞줄에 서 있는 박 교수에게 인사를 건넸다. 박 교수가 먼저 식판을 들고 창가에 자리를 잡자 현 교수가 뒤따라갔다.

"안녕하세요. 02학번 이민정입니다."

박 교수가 눈으로 인사를 받았다. 박 교수는 정년이 얼마 안 남은 건축학과의 원로 교수였다.

"제가 하는 일을 도와주러 왔습니다."

현 교수가 민정을 가리키며 말했다.

"자네, 알고 있어. 내가 설계 수업도 했잖아."

그렇다. 박 교수는 4학년 설계 수업의 담당 교수였다. 민정을 잊지 않고 기억하고 있다는 건 뜻밖이었다.

"설계하나?"

"아, 네, 전공을 살리진 못했고요. 포스터나 브로슈어 같은 거 만들어요. 책도 만들고요."

민정은 자신이 하는 일을 설명하기 어려웠다. 기획인지 디자인인지 출판인지 인쇄인지, 물어보는 상대에 따라 늘 답이 달라졌다.

"전공대로 사는 건 아니니까. 근데, 설계가 별건가, 그게 다 설계지."

박 교수의 말에 현 교수가 맞다고 응수했다. 현 교수는 박 교수가 집필하는 책을, 박 교수는 현 교수가 맡은 프로젝트에 관해 물었다. 두 사람은 식사 중에도 차분히 대화를 이어갔다. 이런 자리가 빈번한 듯 익숙하고 자연스러웠다.

"어릴 때는 시금치가 참 맛있었는데. 어머니가 살짝 데쳐서 소금만 뿌려도 그게 그렇게 맛있었는데, 요즘 시금치는 맛이 없어."

"지금은 그 맛이 아니죠."

"그러게. 내 입맛이 변한 건지, 시금치를 다 온상에서 키워서 그런 건지."

"전 옥수수가 그래요. 어렸을 땐 정말 맛있었는데, 사카린이
나 뉴슈가 넣은 거요. 맨 밑에 약간 탄 게 제일 맛있었어요."

그렇게 둘은 주거니 받거니 얘기를 나누며 천천히 식사 시간
을 즐겼다.

"걔가 70년대 건물 덕후잖아. 그때 지은 건물만 사진으로 찍
고 다녀. 직업도 건축이 아닌데 아주 독특한 애야."

"30년대에서 60년대까지 아파트만 찍고 다니는 '아파트 덕
후'도 있어요. 그때 지은 아파트가 좀 유별나게 생겼잖아요. 사
라지기 전에 찍어둬야 한다고 쉬는 날마다 답사하러 간대요. 제
가 그중의 한 애를 팔로우하는데요. 고덕주공아파트 답사 간다
고 해서 제가 도면을 보내줬거든요. 가기 전에 보고 가라고. 되
게 좋아하더라고요. 다들 직업은 따로 있는 거 같은데 자발적으
로 공부를 하고 있더라고요."

"일본엔 엄청 많잖아. 대표적인 게 '단지단'이지. 단지, 모일
단. 무슨 무슨 결사체처럼. 걔들은 30년대부터 70년대까지 단
지만 답사하러 다녀. 책도 냈어."

"그니까 일상은 유지해야 하는데 행복하지가 않은 거예요."

"행복의 척도가 점점 낮아지잖아. 어차피 생계는 유지해야
하니까 생계유지에 필요한 에너지는 최소한으로 쓰고, 나머지
는 하고 싶은 일을 하면서 살고 싶은 거야, 만끽하면서. 나는 그
게 21세기의 새로운 징후 같아."

"지금 살고 있는 토대와 크게 동떨어지지 않은, 서로 윈윈할 수 있는 일을 찾아서요."

"물론, 전혀 다른 건 잘 안 되지. 아파트 덕후는 대부분 아파트에서 살 거야. 아니면 추억이 있겠지. 단지단은 아파트 단지에 살았던 애들일 테고."

두 사람이 대화를 나누는 사이, 민정은 밥을 다 먹고 빈 식판 앞에서 멀뚱히 앉아 있었다. 박 교수의 식사 속도가 느려서 현 교수가 속도를 맞추려고 일부러 천천히 먹긴 했지만 결국 먼저 수저를 내려놓았다.

"오늘은 제가 좀 빨리 먹었습니다."

현 교수의 말에 민정은 더 머쓱해져서 고개를 들 수 없었다.

"괜찮아. 나 밥 늦게 먹는 거 세상이 다 아는데 뭐."

박 교수는 느긋하게 남은 밥을 다 먹었다. 정량의 식사를 하는 것 같았다. 박 교수가 잔반을 국그릇에 모았다. 그제야 현 교수도 잔반을 모았다. 민정도 따라 했다.

현 교수와 민정은 연구실로 올라가 '옛 서울역사 활용 국제 설계 공모' 포스터에 대한 디자인 회의를 마무리 지었다. 1922년 경성도京城圖를 바탕에 깔고, 해체된 시공간을 복원하는 느낌으로. 현 교수는 자신이 준 정보가 어떤 디자인으로 완성될지 궁금할 것이다. 민정 역시 궁금했다. 자신이 어떤 포스터를 만들게 될지, 이를테면 무엇을 취하고 무엇을 버릴지 말이다.

현 교수가 탁자 위에 있던 책들을 책장에 꽂았다. 민정은 현 교수의 책장에 꽂힌 책 제목을 읽어나갔다. 어느 칸은 휴대폰으로 사진을 찍기도 했다. 한국의 근대건축 책이 모여 있는 칸에 '신여성'에 관한 책이 두 권이나 꽂혀 있었다.

"교수님, 이 책 빌려주실 수 있나요?"

민정은 『신여성과 조선 근대 젠더사』와 『모던 걸, 부산에서 파리까지 기차 여행』을 가리켰다.

"나는 책 잘 안 빌려줘요. 책에 써놓은 게 많아서. 공부는 사서 해야지."

공부라니, 민정은 아니라고 손을 내저었다.

"아니긴, 왜 아까 서울역 설계에 참여한 신여성이 있나, 그거 물어봤잖아."

그저 약간의 궁금증이 생겼을 뿐이었다.

"그게 공부지. 공부는 다 자발적으로 하는 거야."

현 교수의 말을 듣고 민정은 아파트 덕후와 단지단이 떠올랐다. 글자나 기호가 아니라 아파트 단지에서 노는 아이들과 오래된 아파트 사진을 찍고 다니는 사람들의 모습이 머릿속에서 영상으로 펼쳐졌다. 영상은 끊임없이 이어졌고, 어느 순간 그들 모두가 아는 사람들처럼 느껴졌다. 민정이 살았던 상계동과 일산의 아파트에서 다른 얼굴, 다른 이름, 다른 목소리로 움직이고 있었다. 시간을 통과하며 형태 없이 흘러간 것들이 민정을 다시 그곳으로 데려다놓았다.

형태 없는 것들이 형태를 갖추었을 때, 공간은 비로소 장소가 된다. 건축물은 허물어지고 다시 또 세워지겠지만, 그곳에서 보낸 기억은 허물 수 없는 형태를 갖춘 채 누군가의 머릿속에 자리 잡고 있을 것이다. 언제나 형태 있는 것들은 형태 없는 것들에서 나온다.

모호함을 껴안는 시간
—이승주 소설집 『리스너』

정홍수

1.

모호함은 일상생활에서라면 분명한 입장과 경계선을 요구받는 부정적인 태도가 될 가능성이 높다. 그러나 문학은 모호함의 영역에서 언어 예술로도, 인간 이야기의 발굴에서도 자신의 특별한 능력을 찾아왔다고 할 수 있다. 그것은 무엇보다 인간사에 폭넓게 존재하는 회색 지대와 관련되는데, 명료한 구획과 경계선이 추상적이고 일반화된 요구라면 개별의 구체적 삶은 거기에 응하면서도 미달과 과잉의 영역을 가질 수밖에 없기 때문이다. 문학 언어의 중의성은 언어 자체의 자질과 맥락으로부터도 오지만, 그 언어의 자리는 결국 인간사의 모호성을 탐구하고 형상화하려는 문학의 욕망과 닿아 있을 테다.

이승주의 첫 소설집 『리스너』에서 전반적으로 두드러지는 것은 통상의 규정 바깥에서 진행되는 미묘한 인간관계의 양상이다. 그것은 모호함의 영역이기도 한데, 구획과 구획 '사이'의 이야기가 적극적으로 발굴되고 있는 것 같다. 가령 소설집의 처음을 여는 「층과 층 사이」의 제목이 함의하고 있는 것처럼 어느 쪽으로도 흡수되지 않는 '사이'의 공간이 있고, 여기에서 생겨나는 인간 이야기가 있다. 동시에 '층과 층 사이'는 집의 물리적 공간으로서, 이번 소설집의 또 다른 테마라 할 수 있는 '건축'과 관련해서도 미리 알려주는 바가 있다. 그런데 이승주의 소설에서 '건축'은 인간사를 비추는 은유의 자리에 상징적으로 머물러 있기보다는, 그때그때의 구체적인 맥락을 타고 공간과 장소, 구조의 이야기로 묽게 풀어지면서 살아가는 일에 대한 환유가 된다. 그런 만큼 '건축'이 맥락화하는 의미는 인물들의 개별 정황 안에서 제한적이고 잠정적으로 조언과 참조의 자리를 생성하는데, 이는 이승주의 소설을 다시 한 번 좋은 의미의 모호함의 세계로 열어놓는 몫을 하는 것 같다.

다른 한편, '건축'의 테마는 인물과 이야기에서 직접적인 배경을 제공하기도 하지만, 다르게는 출판 편집자, 전시 기획자, 광고 기획자, 그래픽 디자이너, 음반 디자이너, 녹음 엔지니어, 음반 마스터링 엔지니어 등 일련의 문화, 예술 직업군 인물들의 이야기와 느슨하게 이어지면서 소설집 전체로는 '에디터editor의 세계'라고 할 수 있는 서사적 공간과 배경을 형성하는 것 같다. 어느 면에서는 '건축' 역시 에디팅editing의 영역에 포함된다고 할 수 있을 텐데, 이 점은 이승주 소설을 둘러싸고 있는 자유롭고 개성적인 공기의 바탕이 되어주는 것이기도 하지만, '건축'이라는 테마를 포함해서 '에디터의 세계'가 이승주 소설의 자기언급적self-referential 측면을 이룬다는 것도 기억해둘 만하다. 소설 쓰기가 그 자체로 실천적이고 수행적인performative 자기탐구의 도정이기도 하다면, '에디터'의 자리는 소설의 자기의식에 제공할 수 있는 자원과 성찰의 계기를 적지 않게 품고 있다. 우리는 소설의 창조성을 덜어내지 않은 채로도 소설이 세상에 이미 존재하는 말과 이야기를 편집하고 배열하고 구성하고 새로 다듬는 일이라는 데 동의할 수 있다. 또한 에디터는 소설 원고를 편집하는 사람이기도 한데, 최초의 독자라 할 수 있는 에디터의 자리는 소설에 대한 객관화를 가능하게 한다. 이승주의 첫 소설집이 특별히 더 신선하고 미덥다면, 소설에 대한 메타적 시선을 이처럼 아주 구체적인 직업세계의 일과 어휘들로부터 구하고 있다는 데서도 이유를 찾을 수 있을지 모른다. 이승주 소설에 접혀 있는 '에디터-최초 독자'의 시선은 다르게는, "음악이 표현하려는 음향 공간이 눈에 보이듯 펼쳐"(44쪽)지고, 그렇게 해서 '스테레오가 가상의 무대에서 만드는 긴장감이나 어떤 무드 같은 걸 감지하기도 하는'(「리스너」) 전문적이고 예민한 귀를 가진 사람의 이야기로 번역될 수도 있을 테다. '에디터'는 '리스너'이 기도 한 것이다. '모호함'의 영역에서 감지되는 미묘하고 섬세한 차이를 '뉘앙스'라고 할 때, 이승주의 소설에는 '뉘앙스'라는 단어를 떠올리게 하는 순간들이 많다. 그것은 언어의 구사나 분위기의 구축, 소설의 의미와 감흥을 쌓아가는 과정에 두루 나타난다. 이승주의 첫 소설집을 '에디터/리스너'의 차원에서 좀 더 적극적으로 생각해보게 되는 이유이기도 하다.

2.

　「층과 층 사이」의 유정은 건축잡지 편집자로 일하고 있는 여성이다. 소설은 대학 간 연합 강의 형식으로 진행되는 강연의 첫 번째 강사인 건축가 김지훈을 ECC(이화여대 캠퍼스 복합단지) 건물에서 인터뷰하는 유정의 모습으로 시작한다. 그런데 김지훈은 얼마 전 유정과 맞선을 본 사이다. '결혼 시장'을 둘러싼 씁쓸한 소극을, 혹은 알 수 없는 남녀 관계의 흥미로운 전개를 기대해볼 법한 소설의 서두다. 독특한 구조의 ECC 건물에 대한 전문적인 묘사와 소개가 나오는데, 소설을 다 읽고 나면 되짚으며 당시 유정의 착잡한 심리와 이어보게 되지만 당장은 가령, 다음과 같은 대목에서 걸려 넘어진다. 바닥에 떨어진 새 한 마리. 유정은 카메라 렌즈를 들이대고, 뒤따라오던 김지훈은 말리는 기세다.

(……) 유정은 렌즈에서 눈을 뗄 수 없었다. 언젠가 자신이 꾹꾹 눌러 삼켰던 말이 떠올랐기 때문에. 프레임 안에 날개가 꺾이고 머리가 으깨진 새가 갇혔다. 이를 악물고 셔터를 누르자 새는 피사체가 되었다. 피사체에 머문 죽음. 깨진 유리는 보이지 않았다. (12-13쪽)

ECC 외부 커튼월의 대형 유리에 부딪쳐 죽은 새 한 마리. 유정이 꾹꾹 눌러 삼켰던 말은 무엇일까. '피사체에 머문 죽음'이란 말인가? 죽음이라면 누구의? 소설은 더 이상 아무런 말이 없다. 그러나 적어도 소설의 분위기는 여기서 작은 변곡점을 지난다. 작가의 솜씨가 간결하고도 단단하다. 유정의 걸음은 '피사체에 머문 죽음'을 지나 계속되고 근처 주희와의 저녁 약속을 환기하는 가운데 소설은 조금은 뒤늦게 유정의 이야기를 꺼낸다. 여고 동창 주희와의 특별한 감정과 욕망의 시간이 생략과 여백을 기조로 한 압축적 서술과 묘사로 회고된다. "하나는 외로우니까 둘이었으면 좋겠어."(17쪽) "아들은 로리, 딸은 로라. 어때?"(18쪽) 이어서 두 사람의 부산 여행의 기억을 '모래성'의 이야기로 이끄는 대목은 자칫 유치해질 수도 있을 텐데, 마무리에는 전혀 '축축함'(주희에 따르면 모래성을 쌓으려면 모래가 축축해야 한다)이 없다. 조금은 뒤늦은 등단인데 작가의 오랜 내공을 확인할 수 있는 지점인 듯하다.

주희가 계속 걸어서 바다로 들어간다면 유정은 주희를 잡을 것인지, 이대로 머무를 것인지 그 또한 알지 못했다. 자잘한 빛들이 모래 위에서 반짝거리다가 흩어졌다. 로리, 로라, 로리와 로라, 로리와 로리, 로라와 로라……. 유정과 주희가 지은 이름이 거기에 있었다. (18-19쪽)

기억의 묘사가 긴 이야기들을 대체하면서 소설의 현재로 돌아올 수 있는 서사의 적절한 리듬을 찾아내고 있다. 지금 유정은 근처 연희동 주희네 집으로 갈 참이다. 남편과 다섯 살 아이가 함께 있는 집으로. 건축가 김지훈의 강연과 주희의 생일 모임이 같은 날 저녁 가까운 장소에 잡혀 있어서 유정이 두 장소를 왕래하게 짜놓은 소설의 설계는 흡사 독립된 두 개의 건물이 내부 공간으로 연결되어 있는 ECC의 구조를 연상케 한다. '건축'을 소설의 테마이자 내적 구조로 접어놓는 이승주 고유의 창작 방법이 여기에 있을 테다. ECC 건물의 분리와 연결의 구조, 같은 시간대에 김지훈과 주희를 오가는 유정의 동선은 둘 다 구획과 경계를 흐리게 한다는 점에서 '모호함'의 영역을 끌어들이게 되는데, 기실 주희에 대한 유정의 감정과 욕망이 처해 있는 좌표가 바로 이 '모호함'이기도 하다. 주희에게 남자가 생기자 숨길 수 없는 질투심 때문에 관계에 먼저 선을 그은 것은 유정이었다. 그리고 주희의 결혼식을 앞두고 화해했다고는 하지만, 감정과 욕망은 그렇게 깨끗이 마름질되고 끊어지는 것은 아닐 테다(이 긴 시간의 어디쯤에 '피사체에 머문 죽음'의 이야기가 찾아온 순간이 있었으리라). 주희네 집에서의 저녁 시간은 두 사람의 회복하기 힘든 거리와 함께, 유정의 정리되지 않는 욕망을 다시금 보여준다. 이럴 때 유정과 주희의 관계란 무엇인가. 생각해보면 김지훈과의 관계도 열도는 약하되 모호하기는 마찬가지다. 김지훈은 지금 유정과의 두 번째 맞선 자리를 마다하지 않고 있다. 그러나 소설은 이 관계들을 정돈하려 하지 않는다. 모세가 만든 갈라진 바닷물의 형상에서 아이디어를 얻었다는 ECC 건물이 알려주는 것은 어쩌면 그렇게 나누어진 채로도 관계를 이어가는 삶이라는 구체적 형상의 작은 '기적들'인지도 모른다. 사랑/우정, 동성애/이성애, 결혼/비혼과 같은 정돈된 개념과 규정, 구획된 울타리 밖에서 말이다. 그러니 다시 혼돈에 빠진 유정이 그녀의 집에서 무심코 찾아낸 "1층과 2층 사이 삐걱거리는 나무 계단"(32-33쪽)의 존재는 뭉클하다. 이것은 ECC 건물이 그런 것처럼 우리가 사는 공간이 우리에게 조언을 건네고 우리를 위로하는 순간이다. 다르게는, 소설이 삶을 앞서서 이끄는 순간일 수 있다.

우리 집 1층이 비어 있어. 이사 올래? (남편과 상의해볼게. 아영이를 어린이집에 보내야 하는데 어떨지 모르겠어.) 여기도 어린이집은 있어. (괜찮겠어?) 괜찮아. 셋이서 같이 키우면 돼. (셋이서?) 그래, 셋이서. (33쪽)

유정의 머릿속에서 그려지는 두 사람 사이의 가상의 대화다. 그리고 유정은 덧붙인다. "어쩌면 셋이 아니라 넷이 될 수도 있어. 너에게 소개할 새 애인이 생긴다면."(34쪽) 네 번째 사람이 김지훈이 될 수도 있을까. 모를 일이긴 하다. 그러나 「층과 층 사이」가 이 지점에서 무언가 가능성의 공간을 열고 있다는 사실은 분명하다. '사이의 공간'은 연결의 지대이면서, 어정쩡함과 모호함이 그 자체로 풍성한 사물과 세계의 양상이라는 것을 알려준다. 이승주 소설의 건축적 상상력은 여기서 미학적이고 구조적인 차원을 포함하면서 삶이라는 무정형의 시간과 결속된다.

「에바, 에바 캐시디」의 소영과 건우의 관계도 「층과 층 사이」의 유정과 주희(혹은 김지훈)의 관계 못지않게 어정쩡하고 모호하다. 한때 캠퍼스 커플이었던 소영과 건우는 10여 년 만에 다시 만나게 되는데, 그사이 소영은 미국에서의 결혼 후 싱글이 되어 한국에 돌아와 있고 건우는 기러기아빠인 채 이혼을 결심한 상태다. 그래픽 디자이너인 소영과 광고 기획사 대표인 건우는 충무로 인쇄 골목에서 우연히 마주친 후 띄엄띄엄 관계를 이어간다. 건우가 소영의 작업실이 있는 연남동으로 찾아와 저녁을 먹고 술을 마시는 식으로 이어지던 관계는 소영이 불편을 느끼면서 한 계절을 건너뛰기도 하지만, 다시 한 번 충무로에서 조우하게 되면서 이번에는 건우가 소영의 작업실로 와 일을 도와주는 식으로 진행된다. 건우는 소영의 작업실에 노트북을 들고 와서 일하다가 소파에서 잠이 들기도 한다. 그렇다고 해서 두 사람 사이에 예전의 연인 관계로 돌아갈 만한 긴장이 있는 것도 아니다. 오히려 건우는 이혼과 재혼 계획을 알려주는데, 뉴욕에 사는 교포로 일곱 살 연상의 재혼 상대 여성의 이름이 에바 캐시디다('에바 캐시디'는 서른셋에 요절한, 소영이 좋아하는 미국 여성 가수의 이름이기도 하다). 그녀는 스카이다이빙 결혼식을 꿈꾸는 담대한 성격의 여인이라고 한다. 건우는 아예 사무실을 소영의 작업실이 있는 건물로 옮기기까지 한다. 두 사람은 티격태격하면서도 어정쩡하고 모호한 관계를 계속 이어간다. 건우의 자동차 광고 카피 'Different Friends!'가 암시하는 대로 두 사람의 연인 관계를 끝나게 했던 '다름'이 미지근한 '우정'의 관계에서는 오히려 동력이 되고 있는 걸까. 소설은 그 '다름'에 대한 소영의 자의식을 섬세하게 보여주는 방식으로 모호한 관계에 대한 질문을 쌓아간다. 식당 메뉴 선택의 삽화에서 '메인'을 둘러싼 두 사람의 다름이 드러나고, 경의선숲길의 '선형'도 둘을 나누는 기준이 된다. 건우는 다시 돌아가야 한다는 점에서 선형공원을

피곤해하는 반면, 소영은 다시 돌아갈 수 있다는 이유로 선형공
원을 좋아한다. '세잔'식으로 사과를 서서 바라볼 줄 모르는(그
래서 사물의 한 면만을 보는 듯한) 건우의 태도를 소영은 여전히
답답해하기도 한다. 예전 건우와의 결별은 모험을 모르는 그의
고지식함 때문이었던 것 같다. 그러나 사람에 대한 이런 단정과
구획은 얼마나 폭력적인 것인가. 이승주의 소설은 다시 한 번 모
호함의 영역을 껴안는 방식으로 그 자신도 잘 모르던 인간 이해
의 지대로 이동한다.

건우는 모험을 하지 않는다. 그런 그가 에바 캐시디를 만난다. 가
족을 떠나려고 한다. 소영은 생각했다. 어쩌면 건우의 1퍼센트는 에
바 캐시디일지도 모른다고. 건우의 삶에서 뭔가가 빠져나갔고 그
공백이 너무 커 모험이 필요한 지경까지 갔다고. 그 공백을 알아본
에바 캐시디가 마침내 건우의 1퍼센트를 차지한 게 아니냐고, 소영
은 묻고 싶었다.
건우야, 넌 그 말을 언제 누구한테 들었니? 나한테 아이가 있었다
는 말. (120쪽)

사정이 그렇다면, 건우가 소영의 동네로 찾아오고 소영의 작
업실 소파에서 잠을 자고 같은 건물로 사무실을 옮기기까지 한
것은 자신의 공백을 위로받기 위한 안간힘이었을 수 있으며, 기

실 소영 자신도 아이를 잃었던 결혼생활의 상처와 공백으로부터 달아나는 시간 속에서 건우와 만나왔다고 볼 수도 있다. 사랑/우정, 결혼/이혼의 구획이 포착하지 못하는 삶의 시간들이 여기에는 있다. 누구에게나 세잔식으로 사과를 보는 시간은 오게 마련이며, 건우가 소영의 상처를 침묵으로 감싸며 응대하고 있었다는 사실이 그 증거일 테다. 재회 이후에도 소영은 계속 예전의 눈으로 건우를 보아왔으며, 그 단정과 규정 안에서는 건우의 '1퍼센트 공백'을 감지하기 어려웠을 것이다. 모호함을 껴안는다는 것은 밖에서 주어진 것이든 스스로 만든 것이든 구획된 틀을 깨는 일이다. 「에바, 에바 캐시디」는 소설의 마지막에 그 틀이 부서져 내리는 장면을 통쾌하게 보여준다. 건우 대신 에바를 마중하러 나간 소영은 공항에서 전남편의 조카인 듯한 소녀를 보게 되면서 허둥대다가 시간을 지체하게 된다. 입국장의 에바를 놓치지 않았나 싶을 때쯤 한 여성이 걸어온다.

마흔일곱이 아니라 쉰일곱으로 보였다. 주름진 얼굴에 머리칼이 희끗희끗했다. 체구가 크고 인상이 둥글둥글했다. 에바일 리 없다고 생각했지만, 여성이 미소 짓는 순간 소영은 단박에 알아봤다. 그의 미소는 너무나 푸근했다. 눈동자엔 총기가 넘치고 걸음걸이는 씩씩했다. 이 사람이라면 거뜬히 꽃을 뿌리며 스카이다이빙을 해낼 것 같았다. (126쪽)

요절한 미국 가수 에바 캐시디가 강렬하게 소영의 머릿속에 자리 잡고 있었던 탓도 있겠지만, 소영은 건우가 사랑하는 여인 조차도 자신의 상상으로 채우고 있었던 셈이다. 모호함의 수락이 타자의 자리에 대한 승인과 한 몸이라는 것을 「에바, 에바 캐시디」는 세련되고 상큼한 방식으로 보여준다. '경의선숲길', 소영의 작업실이 있는 건물과 동네, 공항 등 장소와 공간에 대한 이승주 소설의 예민하고 섬세한 시선이 소설의 서사적 리듬을 풍성하게 만들고 있는 점도 부기해두고 싶다. 소영의 오만과 실패가 아이러니하게 보여주는 대로 세잔식 사과 보기는 한 번으로 완수되는 것이 아니라, 누구에게나 매번 매 순간 새로운 과제로 주어지는 것일 테다.

모호한 관계의 이야기라면 「공주」를 꼽는 게 빠를지도 모른다. 소설 화자 '나(윤경)'와 규는 사실상의 부부로 함께 살고 있지만, 두 사람은 결혼식 전날 파혼한 사이다. 결혼을 앞두고 신혼집 이사 과정에서 규가 아끼던 강아지가 사고로 죽자, 규는 집을 나갔고 결혼식은 취소되었다. "나간 지 다섯 달 만에 규가 캐리어를 끌고 다시 들어왔다. 나는 짐을 빼지 않았고, 규도 짐을 빼지 않았다. 우리의 관계는 수정되었다. 동거인, 룸메이트."(174쪽) 이런 어정쩡한 생활이 6년째다. 소설은 규의 아버지의 고희연 날 즉흥적으로 천안행 ITX를 타는 두 사람의 한나절 여행을 그리고 있다. 천안과 공주를 둘러보는 즉흥 여행은 가족

모임을 피하려는 규의 속내에 따른 것이긴 하나, 윤경 역시 모르는 척 따르면서 일종의 해찰하는, 여담적digressive 여로가 되고 있다(윤경의 짐작과는 달리 규의 고희연 불참은 알코올중독 증세가 있는 아들을 걱정한 부친의 뜻이라는 게 드러나기도 한다). 어쨌든 해찰하듯 떠난 두 사람의 즉흥 여행 한편에 집안의 공식 행사가 있다는 사실은 '룸메이트'라는 두 사람의 이상한 관계를 의식 / 무의식적으로 돌아보는 계기가 될 수도 있을 테다. 그러나 소설은 전혀 그런 기미를 드러내지 않고 진행되는데, 곁가지로 흐르는 해찰이 본류가 되는 형국이다. 그런 가운데 음반 마스터링 엔지니어인 규의 독특한 취향이 소개된다. 규는 아이폰을 점퍼 주머니에 넣어둔 채 이즈음은 거의 쓰는 사람이 없는 '워크맨'으로, 그러니까 카세트테이프로 음악을 듣는다. 천안에 온 김에 근처 공주의 대일레코드로 공테이프를 사러 가자고 제안하기까지 한다. 단종된 '소니 메탈 공테이프'를 살 수 있는 유일한 곳이라며. 요즘 젊은 세대에게는 카세트테이프가 전혀 경험해보지 못한 새로운 문화로, 힙스터가 되는 길이기도 하다는 것인데, 윤경은 규에게 묻는다. "젊은 애들은 그렇다 치고, 너는 왜 카세트테이프를 사는 건데?"(175-176쪽) 규는 대답한다. "신기하잖아. 아기자기하고." 그리고 덧붙인다. "이런 건 직접 사러 가는 맛이지. (……) 그냥, 사보는 것 자체가 즐거워. 손맛이 있거든."(176쪽) 윤경은 정말 규의 이런 기이한 취향을 이해하지 못

하는 것일까. 아닐 것이다. 대답과 함께 규의 입가에 떠오른 수줍은 웃음에 대해 소설은 이렇게 쓰고 있다.

오랜만에 보는 웃음이었다. 20년 지기 대학 동기들에게 규를 소개한 자리에서 나는 저 웃음이 좋다고 말했다. "웃을 때 수줍어해. 웃음이 입가에서 눈가로, 눈가에서 양쪽 볼로 퍼지는 게 꼭 수면에 이는 물결 같아. 그걸 보는 게 좋아." (176쪽)

강아지의 죽음이 규의 마음에 만든 검은 공동空洞에도 불구하고 두 사람의 관계가 파국으로 이어지지 않고, 모호하고 어정쩡한 대로 '동거인, 룸메이트'로 지속될 수 있는 이유가 여기에 있는 것이 아닐까. 타자에 대해 무지를 감내하고, 전부 대신 일부라도 품으려는 관계. 모르는 것을 모르는 대로 내버려두는 관계(규의 알코올중독은 지금 웬만큼 치유된 듯 보이나 그 이유나 진행 과정에 대해서 소설은 거의 알려주는 것이 없다. 이 무심과 무지는 무엇보다 '윤경'의 것이라는 점에서 놀랍다). 그러니까 규의 카세트테이프는 '힙함'의 표지나 의도적인 시대착오의 기호로 소설의 의미망 안에서 작동한다기보다는 타자의 거리距離를 감수할 수밖에 없는 공동空洞의 존재를 표상하는 것 같다. 그 사실을 다시금 받아들이는 시간으로 두 사람의 천안행과 공주행이 이루어지고 있다면, 이 시간을 채우고 있는 해찰이야말로 두 사람의 관계에 대한 절실한 질문일 수 있다. 문이 닫힌 대일 레코드 앞에서 오지 않는 주인을 기다리는 두 사람의 모습이 아름답다면 그래서일 것이다.

규는 양손으로 반원을 만들어 눈 옆에 갖다 댄 채 유리문 너머를 보고 있었다. 규의 웃음소리가 들렸지만 나는 규의 얼굴을 볼 수 없었다. 뭘 재밌다고 하는지, 왜 재밌어하는지도 알지 못했다. 그저 빠르게 올라가는 규의 목소리에 귀를 기울일 뿐. (……) 거리는 점점 어두워지는데 가게 안 벽에 빼곡하게 꽂힌 카세트테이프는 손에 닿을 듯 가까워 보였다. (185쪽)

있다면, 이 무지를 껴안는 것이 사랑일 테다. 이승주의 「공주」는 공동을 사이에 둔 사랑의 존재 방식을 세련되게 탐문하는 작품이다. 여기서 모호함은 서로에 대한 무지를 품은 채 깊어지고 있는 듯하다.

3.

소설집의 표제작 「리스너」에도 '카세트테이프'는 중요한 소설적 모티프로 등장하거니와, 이승주 소설의 자의식과 관련해서 주목할 만한 서술이 나온다. "카세트테이프 같은 선형 미디어는 빨리 감기로 원하는 부분을 찾아갈 수는 있어도 건너뛸 수는 없다. 그 과정을 순차적으로 경험해야 한다."(45-46쪽) 세 남녀 사이에 일어나고 있는 감정과 욕망의 미묘한 변화를 그리고 있는 「리스너」가 곧 건너뛰고 요약할 수 없는 인간사의 탐사를 미시적인 차원에서 수행적으로 보여주고 있다고 할 수 있는데, 같은 이야기를 모호성의 영역에 조용히 그리고 끈덕지게 다가가고 있는 이승주 소설 전체에 적용해도 무방하리라. 이때 이승주 소설의 조용한 야심과 욕망이 "음악이 표현하려는 음향 공간이 눈에 보이듯 펼쳐"지는(44쪽) '스테레오'의 몫, 다시 말해 모호성을 듣고/보는 '리스너'의 자리에 있다는 것을 짐작하기는 어렵지 않다. 「리스너」에서 동우의 마음에 생긴 균열을 감지한 재이는 차이콥스키의 「6월 뱃노래」를 듣다가 질문을 던진 적이 있다. "이 배에 몇 명이 탄 것 같아?" 그리고 도로변 공터 한쪽에 외따로 떨어져 있는 이상한 사진 스튜디오에서 동우는 같은 음악을 듣게 된다.

　　몰사진스튜디오만 다른 모양이었다. 현관문을 중앙에 두고 왼쪽은 통유리, 오른쪽은 노출 콘크리트로 마감한 건물이었다. 마당 한편에 심은 능소화가 울타리 밖으로 가지를 늘어뜨렸다. 가까이에선 볼 수 없는 풍경이었다. 그러나 동우가 바라보는 풍경에 동우는 없었다. 그곳엔 창백한 그와 길게 누운 개, 재이가 있다. 그리고 누군가 계속 피아노를 연주하고 있다. (63쪽)

피아노를 연주하고 있는 사람은 누구인가. 스튜디오의 창백한 그는 시디를 틀었을 뿐이라고 했고, 음악도 동우가 들었던 「6월 뱃노래」가 아니라고 답했다. 「6월 뱃노래」의 피아노 소리는 지하실 저 아래에서 계속 들려오는데 동우의 환청인가. 재이는 지금 어디에 있는가. 이 모두가 모호하게 처리되면서 소설은 갑자기 환상의 영역으로 이동한 것처럼 보인다. 놀랍게도 그 모호한 환상 속에서 「6월 뱃노래」의 음은 음표 하나하나가 명멸하며 배에 탄 사람들의 얼굴을 보여주지 않겠는가. 거기에는 동우 자신의 일렁이는 얼굴도 있다. 그러나 다시 달려간 스튜디오의 현관문은 열리지 않는다. 소설은 여기에서 끝나는데, 모호함에 대한 이승주 소설의 탐사가 불안과 혼돈, 환상의 문 앞에 도착해 있는 듯한 이 대목은 얼마간 계시적이다. 작가로서 '리스너'의 자리가 단순히 소리를 가상의 이미지로 바꾸는 데 그치는 것이 아니라면, 이승주 소설은 앞으로도 계속 들리지 않고 보이지 않는 자리에서 모호한 인간 진실의 문을 열기 위해 불안하게 흔들릴 수밖에 없으리라.

「층과 층 사이」를 비롯 「건축 공간에 미치는 빛과 중력의 영향」 「설계자들」 등에서 뚜렷하게 감지되는 건축적 상상력의 지향은 구체적 '형태화'의 측면에서 이승주 소설의 구조와 의미망을 활성화하고 중의화하는 참신한 방법론이기도 하지만, 중요한 대리 보충의 영역을 과제로 남겨두는 것이기도 할 테다. 소설이 다루는 인간 이야기는 언제나 "시간을 통과하며 형태 없이 흘러간 것들"(244쪽) 쪽에 더 많이 남아 있을 것이기 때문이다. 그런 점에서도 「설계자들」의 마지막에 놓여 있는 다음과 같은 진술은 조금은 뒤늦게 소설의 출발선에 선 신예 작가의 예민한 자기언급이자 신뢰할 만한 출사표로 읽어도 좋지 않을까.

　　형태 없는 것들이 형태를 갖추었을 때, 공간은 비로소 장소가 된다. 건축물은 허물어지고 다시 또 세워지겠지만, 그곳에서 보낸 기억은 허물 수 없는 형태를 갖춘 채 누군가의 머릿속에 자리 잡고 있을 것이다. 언제나 형태 있는 것들은 형태 없는 것들에서 나온다. (245쪽)

첫 책, 첫 소설집입니다.

여덟 편의 소설을 담았습니다.

발표 시기는 2017-2020년이지만 소설을 쓴 시기는 더 거슬러 올라가야 합니다. 그중 가장 많이 거슬러 올라가는 소설은 「층과 층 사이」입니다. 오랜 시간 마음에 담아 두었고 많은 부분이 바뀌었지만, 어떤 장면은 원형 그대로 남겨두었습니다. 언젠가 Y가 이 소설을 읽게 된다면 그 장면을 보고 미소 짓기를…… 안부를 전하는 마음으로 썼습니다.

「리스너」는 음악 분야 사람들 속에서 혼자 겉도는 느낌이 들어 쓰기 시작했습니다. 그들은 음악을 들으며 어딘가 다른 데를 보고 있는 것 같았고, 저는 그들이 무엇을 보고 있는지 그려낼 수가 없었습니다. 그들 사이에 아주 작은 균열을 내고 싶다는 생각으로 써나갔는데 쓰다 보니 의도한 것보다 큰 균열이 생겨났습니다. 소설 앞뒤에 "빛나는 것들은 소리를 지르지 않아"라는 문장을 배치하고 안도했던 기억이 납니다.

「건축 공간에 미치는 빛과 중력의 영향」은 건축학과 대학원생들과 교토에 갔을 때 소재를 얻었습니다. 일행 중에 연인으로 보이는 커플은 없었는데 혹시 만약에 있다면, 하는 상상이 소설의 동력이 되었습니다. 술자리에서 모래의 밀도와 점도에 관해 말해준 정기황 소장님께 감사드립니다. 덕분에 소설의 점도가 높아졌습니다.

「에바, 에바 캐시디」의 시작은 밥솥 이야기였습니다. 소영과 건우라면 밥솥 대신 뭘 선택할까, 궁금해하면서 소설을 썼습니다. 실제로 저는 경의선숲길을 좋아합니다. 에바 캐시디의 노래를 들으며 걷다가 소영과 건우를 만나면 안녕, 인사를 건네기도 합니다.

「슬로 슬로」는 이 책에 마지막으로 담은 소설입니다. 소설집에 꼭 넣어달라고 응원을 보내온 이들이 있었습니다. 고심 끝에 그들의 응원을 존중하기로 했습니다.

「리플릿」은 소설에서처럼 같은 건물에 있는 다른 전시회장에 잘못 들어간 적이 있는데, 원래 가려고 했던 전시회보다 잘못 들어간 전시회가 자꾸 떠올라서 쓰게 되었습니다. 쓰고 싶은 이야기와 써야 할 이야기가 따로 있지 않다는 걸, 어느 순간 맞닿게 된다는 걸 이 소설을 쓰면서 알았습니다.

「설계자들」은 등단작이어서 제게는 여러모로 고마운 소설입니다. 저는 인간의 내적·외적 공간에 관심이 많습니다. 사람과 사람 사이의 공간, 장소로서의 공간, 기억을 공유한 장소에 마음이 갑니다. 건축에 관한 책을 만들고, 여러 설계 공모전을 홍보하는 동안 공공건축에서 공공公共이 과연 누구를 위한 공공인지 의문이 들었습니다. 의문이 의문으로 끝나지 않고 소설로 화답할 수 있게 되어 기쁩니다. 초고를 쓸 당시 뜬금없고 외람된 질문에 성심껏 답해주신 박철수, 안창모, 전영훈 교수님께 거듭 감사드립니다.

「공주」는 개인적으로 가장 좋아하는 소설입니다. 충청도 사투리로 말하는 소설 속 아버지의 모델이 저의 아버지이기 때문입니다. 즐겁게 썼고 문득 생각나면 꺼내 읽는 소설이기도 합니다. 돌이켜보면 저는 운이 좋고 복이 많은 사람이었습니다. 그중 최고의 운과 복은 아버지였다는 걸 최근에 깨달았습니다. 늦었지만, 그래도 너무 늦지 않게 이 책을 드릴 수 있어 다행입니다.

저보다 더 이 책의 출간을 기다리는 연남동 J,
늘 넘치는 팬심으로 응원하는 아잠 친구들,
고독한 글쓰기의 빛나는 문우들,

따뜻한 조언과 영감을 주는 친구 승은에게
특별한 감사와 사랑을 전합니다.

현대문학의 윤희영 팀장님, 이주이 편집자님, 신종식 디자이너님 고맙습니다.
부족한 글을 깊이 있는 해설로 채워주신 정홍수 선생님께 감사드립니다.

일일이 호명하지 못한 많은 이에게 모두 덕분이라고,
부디 건강하라고 인사를 전합니다.

2021년 8월
이승주

리스너

지은이 이승주
펴낸이 김영정

초판 1쇄 펴낸날 2021년 9월 6일

펴낸곳 (주)현대문학
등록번호 제1-452호
주소 06532 서울시 서초구 신반포로 321(잠원동, 미래엔)
전화 02-2017-0280
팩스 02-516-5433
홈페이지 www.hdmh.co.kr

ISBN 979-11-6790-030-2 03810

* 책값은 뒤표지에 있습니다.
* 파본은 구입처에서 교환해 드립니다.